Flickwerk

Monika Seyhan

Flickwerk

Monika Seyhan, 1948 in Köln geboren und dort aufgewachsen. Berufliche Tätigkeiten im sozialpädagogischen Bereich: Heim-und Jugenderziehung, Leiterin einer Kindertagesstätte, Arbeit mit jungen Spätaussiedlern an einem Gymnasium.

Seit 1971 verheiratet mit ihrem türkischen Mann, drei Kinder geboren zwischen 1973 und 1979. Monika Seyhan lebt mit ihrer deutsch-türkischen Familie in Köln.

Buchveröffentlichungen:
2009 „Blauäugig", das Leben als Deutsche an der Seite eines türkischen Mannes.
2011 „Tee und Kaffee", die Lebensgeschichten elf türkischer Frauen.
2012 „Anfang Mai", die Geschichte zweier Frauen, deren Leben parallel in verschiedenen Welten – Orient und Europa – verläuft.

Bibliografische Information der Deutschen Nationalbibliothek:
Die Deutsche Nationalbibliothek verzeichnet diese Publikation in der Deutschen Nationalbibliografie; detaillierte bibliografische Daten sind im Internet über http://dnb.dnb.de abrufbar.

© 2014 Monika Seyhan
Umschlagbild: Hans Palm
Satz, Umschlaggestaltung, Herstellung und Verlag:
BoD – Books on Demand

ISBN: 978-3-7357-4631-3

1. Kapitel

Flickwerk

Ich sei ein Waisenkind. So jedenfalls nannten mich die Menschen, denen ich außerhalb des Waisenhauses begegnete.

Solange ich mich zurückerinnern konnte, lebte ich im Waisenhaus. Und dort leben nun mal Kinder, die keine Eltern haben. Doch bei mir war das nur die halbe Wahrheit, denn ich hatte eine Mutter. In der Welt außerhalb des Waisenhauses gibt es einmal im Jahr Muttertag.

Da hatte ich schon mehr Glück, denn ich hatte mindestens einmal im Monat, manchmal sogar zweimal im Monat Muttertag. Die Sonntage an denen mich meine Mutter besuchen kam, waren meine ganz persönlichen Muttertage. An diesen Besuchssonntagen konnte ich mich kaum satt sehen an ihrer Schönheit und Eleganz. Meine Mutter war die Schönste. Sie konnte glatt mithalten mit allen Frauen, die wir an unseren Fernsehtagen zu sehen bekamen.

Fernsehtage liebte ich! Wenn Schwester Mechthild plötzlich, wie vom Himmel gefallen, mit leuchtenden Augen vor uns stand. Ihre kleinen zarten Hände aus den breiten Ärmeln des Habits mit flinken, auffordernden Bewegungen hervorschauten und uns aufforderten, ihr schnell, schnell in die Aula zu folgen. Das Fernsehgerät war dort schon aufgebaut. Wir Kinder aus allen Gruppen herbeigeströmt, schleppten schwere Turnmatten nach vorne und hockten vor dem Gerät. Eng aneinandergereiht saßen die Kleinen vorne, Mädchen neben Mädchen, Junge neben Junge. Wir Großen darauf erpicht, Junge neben Mädchen zu sitzen-voller Erwartung, in der Dunkelheit Hände über unsere Körper streicheln zu fühlen.

Alle kannten den genauen Ablauf.

Zunächst das schleppende Geräusch der schweren Vorhänge,

die, obwohl zugezogen, hin und wieder einen Spalt Sonnen-
licht durchblicken ließen.

Dann Schwester Mechthild, die uns von einem Programm
zum anderen führte. Landete sie bei Dokumentarfilmen, oder
bei einem aus der Natur, schaltete sie weiter, wenn ein Tier auf
das andere stieg. Sie suchte nach Berichten über Stadt, Land
und Politik. Unsere lauten Kommentare … ach wie langweilig beendet sie mit einem Seufzer, bevor sie auf wundersame
Weise, stets bei einem dieser Filme landete, in denen verfüh-
rerische Frauen, bei jeder Gelegenheit von Männern geküsst
wurden oder mit ihnen ins Bett gingen. Es war die Zeit, in der
Schwester Mechthild verzückt in eine andere Welt hinüberglitt.
Wir liebten sie in dieser Stunde.

Nicht nur auf die Berührungen der Jungen, die wie der Blitz
durch mich fuhren, wartete ich, sondern auf die
Großaufnahmen – wunderschöner Frauen, deren Leiden-
schaft es war, Männer zu umgarnen.

Was waren sie schon gegen meine Mutter?

Ich verglich ihre Körper, ihre Bewegungen, den Augenauf-
schlag und das Lächeln. Dabei wusste ich von vornherein, dass
niemand mit meiner Mutter Schritt halten konnte. Niemand
hatte solch goldblonde Locken, die lieblich, als ein Blumen-
kranz um das Gesicht, wie Porzellan, gerankt war. Und dann
ihre dunklen, hochgeschwungenen Augenbrauen über den
strahlend blauen Augen und den üppigsten roten Lippen, die
ich je gesehen hatte. Passend zu ihren Kleidern waren die Rot-
töne so gewählt, dass man irre werden konnte. Besuchte mich
Mama, hatte ich das Vergnügen sie ununterbrochen betrachten
zu dürfen. Einen Kuss hätte ich nie gewollt, auf diese Weise
den Glanz auf ihren Lippen zu berühren, hätte ich mir nie
erlaubt. Meine Mutter betonte gerne, wie lange sie gebraucht
hatte, diese Vollkommenheit ihrer Gesichtszüge hinzukriegen.

Für mich wollte sie schön sein. Sie wusste, wie gerne ich sie ansah. Ich hatte eine Mutter zum Anschauen und nicht zum Anfassen. Die größte Freude machte sie mir, wenn sie mich ins Licht bat. Vor dem Fenster musste ich stehen, die Vorhänge zur Seite schieben, mein Profil in die Höhe strecken, ruhig bleiben. Dann sagte sie mir, wie tadellos und außergewöhnlich meine Züge seien.

Ganz die Mama, diese Nase, die Augen, die stolze Haltung. Meine Liebe, ohne Zweifel, du kommst nach mir. Trage stets große auffällige Ohrringe, die lassen deine leider etwas zu rundlichen Wangen, schlank erscheinen. Es kommt der Tag, an dem man uns beide als Schwestern halten wird. Dann werden wir ausgehen uns amüsieren, den Männern die Köpfe verdrehen. Mamas Augen verklärten sich, ihr Blick wurde verträumt, für einen kurzen Moment entschwand sie in diese Welt, die ich nicht kannte. Wunderschön musste sie sein, diese Welt, in die Mama völlig abglitt und in höchste Verzückung geraten ließ.

Die rotlackierten Fingernägel in die goldenen Locken hinein geschmiegt, den Atem heftiger werden lassend, sah sie für Sekunden durch mich hindurch um mit einer abrupten Bewegung aus ihren Träumen zu erwachen. Dann schüttelte sie meinen Arm, kniff die Augen zusammen und sagte mit trotziger Stimme Geliebt habe ich sie alle, alle habe ich geliebt. Immer wieder beteuerte sie diesen Satz, er klang so, wie meine Entschuldigungen, die ich ständig wiederholte, wenn Schwester Pia meinen Ausreden nicht glauben wollte.

Ich glaube dir Mama, aber alles wen hast du geliebt?

Mit einer fahrigen Bewegung umgriff sie ihr Handgelenk, schüttelte leicht den linken Arm bis das schmale Band der goldfarbigen Uhr ihren rosigen Unterarm zum Leuchten brachte, das Zeichen dafür, mit hoher erstaunter Stimme die späte Stunde zu bedauern. Ihre Zeit der theatralischen Abschiedsszene. Jedes Wort war mir bekannt, war mir so vertraut, dass ich abgrundtief traurig gewesen wäre, hätte alles in anderer Reihenfolge oder sogar mit anderen Worten stattgefunden. So war meine Mutter, verlässlich und treu. Ich begleitete sie durch die hohen Korridore, die mir lieb, ihr aber furchteinflößend waren, bis zu dem großen dunkelgrünen Eingangstor. Hier reichten wir uns die Hände, im Winter warf sie den übergroßen Pelz mit einer fröstelnden Bewegung um ihren Hals, im Sommer lüftete sie kurz den schwingenden Rock über dem Knie. Dann verschwand sie.

Ich fand mich wieder auf meinem Bett, gedankenlos und leer, solange bis Schwester Pia sich neben mich setzte, meine Haare strich und ein Lied summte. An diesen Abenden hatte ich keinen Hunger, man ließ mich in Ruhe, rief mich nicht zu Tisch. Ich fühlte mich betrogen und gequält. Eingekerkert in dunkle Mauern, die mir für einen kurzen Moment erlaubt hatten, durch einen schmalen Spalt, in die Sonne zu blicken. Ich ahnte, dass ich einen Weg vor mir hatte, der noch unbekannt, mit vielen Hindernissen behaftet war. Meine Sehnsucht war der Wunsch, nach diesem Platz in der Sonne, dort wo man mich lieben würde.

Erst am nächsten Tag ließ ich es wieder zu, meinen Freunden mitzuteilen, welch elegantes Kleid Mama gestern getragen hatte.

Meine Freunde sind so etwas wie Geschwister, wir lebten zusammen in einer Gruppe mit fünfzehn Kindern. Das sind acht Mädchen und sieben Jungen, ich gehörte mit meinen zwölf Jahren zu den Ältesten, Mario der Jüngste war gerade drei Jahre alt, sein Bruder Rudolf, fünf. Die beiden hatten einen Vater, der sie regelmäßig, an jedem Sonntag besuchen kam. Er kam, umarmte die Brüder, nahm jeden an eine Hand und brachte sie abends um sechs, wieder zurück in die Gruppe. Mario und Rudolf lachten am Sonntagmorgen und weinten am Sonntagabend.

Zwei oder drei weitere Kinder hatten Väter, die hin und wieder kamen und Geschenke brachten. Luisa bekam ein rotes Feuerwehrauto das Wasser spritzte, lieber hätte sie eine Puppe, die weinen konnte, gehabt. Lenas Mutter ging noch zur Schule, wenn sie kam, frisierte sie erst einmal ihre Tochter bevor sie ausgiebig mit ihr »Mensch ärger dich nicht« oder in der Puppenecke spielte. Sie tobte mit ihr solange über den Boden bis Schwester Pia sagte, ich dachte 15 Kinder sind in meiner Gruppe, da muss ich mich wohl getäuscht haben. Lenas Mutter lachte, mit roten Wangen umarmte sie dann die Schwester mit den Worten Danke Mutter Pia.

Die Älteren verließen an den Besuchstagen das Heim und besuchten, was sie draußen an Verwandten besaßen. Am Abend zurück, waren sie meist schlecht gelaunt. Aus welcher Wut heraus sie die Jüngeren ärgerten, oder warum sie missmutig vor sich hin schwiegen, erklärte ich mir damit, dass sie keine schöne Mutter, von draußen enttäuscht, oder zu viel Sehnsucht nach uns gehabt hatten. Jedenfalls Waisenkinder, also elternlose Kinder gab es nur zwei. Der dicke Ludwig und Susi. Die beiden hatten niemand. Dem dicken Ludwig genügen die Schokoladenbonbons die ihm die Schwestern aus Mitleid, wie sie glaubten, heimlich unbemerkt zusteckten. Dann grinste er, seine roten Bäckchen glänzten und wenn der Bauch zu voll wurde, versetzte Schwester Pia den Hosenknopf ein wenig nach vorne. Die Schwestern waren vernarrt in Ludwig. Er war ihr kleines Kuscheltier, die Person auf die sie bedingungslos all ihre Liebe im wahrsten Sinne des Wortes, abwälzen konnten. Alles ließ der dicke Ludwig mit sich machen, er war so gutmütig, dass er ohne jeglichen Protest im Sommer die kurze Lederhose und weiße Kniestrümpfe dazu anzog. Wir spotteten ihn aus, was ihn absolut nicht störte. Der dicke Ludwig kannte nichts anderes als das Heim und uns.

Susi erging es ähnlich. Wir waren ihre Familie, die sie allerdings lieber mit einem echten Vater oder einer wahren Mutter getauscht hätte. Sie war schon dreizehn und in einem Alter, in dem, wie Schwester Pia meinte, keiner so richtig weiß, ob er Männchen oder Weibchen sei. War Susi mit solchen Überlegungen beschäftigt, ging man ihr lieber aus dem Weg. Sie konnte richtig wütend werden, mit lauter Stimme herummeckern, Teller auf den Boden knallen, oder weinend auf ihrem Bett liegen. Da wir uns ein Zimmer teilten, bekam ich dies oft mit. Ich verhielt mich dann ganz ruhig, hatte Mitleid mit Susi und war glücklich darüber, dass ich wusste dass ich ein Mädchen bin.

Die Kinoabende waren die schönsten für Susi. Nach den Vorstellungen blühte sie auf. Mit heißem Kopf, roten Wangen und einem Leuchten im Gesicht, veränderte sich ihre Gestalt. An diesen Abenden erinnerte Susi mich an Mama. Wenn sie verträumt und abwesend durch die Räume stolzierte, lange vor dem Fenster stehen blieb und sehnsüchtige Blicke in die Ferne schickte.

Im Waisenhaus herrschten feste Regeln. Sonst läuft es nicht, pflegte Schwester Pia zu sagen. Sie war unsere Ersatzmutter, obgleich sie in ihrem langen schwarzen Gewand und der hellen steifen Haube auf dem Kopf, eher wie ein Ersatzengel aussah. Frieda, eine die von Draußen kam, stand ihr zur Seite. Frieda hatte Schichtdienst in unserer Gruppe und half dabei, uns zu erziehen. Sie war da, wenn Schwester Pia zum Gebet ging, wenn Schwester Pia Silentium hatte oder sich einfach zurückziehen wollte. Frieda half bei der Essensausgabe, beim Bettenmachen und Schuhputzen. War Schwester Pia in der Nähe, redete sie wenig, waren wir alleine, nannte sie uns meine armen Mäuse. Wir saßen auf ihrem Schoß, schaukelten hin und her. Die Kleinen übersäte sie mit feuchten Küsschen und die Jungen kitzelte sie im Nacken.

Unsere festen Regeln begannen morgens um halb sieben,

wenn die Vorhänge in unserem Schlafzimmer energisch zurückgezogen und ein Fensterflügel weit geöffnet wurde. In einem Zimmer schliefen drei Kinder. Bei Susi und mir gab es noch ein unbewohntes Bett. Neben jedem Bett ein Stuhl, an der Wand der Kleiderschrank mit drei Türen. In jedem Schrank unsere Privatsachen, fein ordentlich, die von Schwester Pia hin- und wieder kontrolliert wurden.

Bett, Stühle und Schrank waren aus Nussbaum, einem strapazierfähigen Holz, wie Schwester Pia meinte. Die Zimmerwände, weiß und makellos, die Konkurrenz zu dem Weiß der Spanngardinen vor den Fenstern.

Schwester Pia die unsere Zimmer zu trostlos für junge Mädchen fand, hatte Bilder aufgehängt. Fromm erwachte Susi morgens vor einer Gruppe junger Mütter, die ihre kleinen Kinder vor der Mordlust des Herodes schützen wollten.

Ich schlief abends unter der unbefleckten Empfängnis ein. Maria meine Namenspatronin, die gerade von einem Engel heimgesucht, die Botschaft erhalten hatte, ein Kind in sich zu tragen.

Welcher Engel hatte meine Mutter heimgesucht? Von wem hatte sie erfahren, dass ein Kind unterwegs war. Zu mir hatte sie nie darüber gesprochen. Ich würde sie bei dem nächsten Besuch fragen müssen.

Über dem freien Bett in unserem Zimmer hing der schwebende Schutzengel, der ein kleines armselig bekleidetes Mädchen, auf seinem Weg durch einen unheimlich dunklen Wald behütete.

Meine Maria war himmelblau, sie schaute so hingebungsvoll, dass sie mich langweilte und ich ihr hin-und wieder mit dem Finger über die blassen Wangen rubbelte.

Die kämpferischen Mütter auf Susis Bild, feurig orange und rot, gefielen mir weitaus besser.

Auf dem Stuhl neben unserem Bett, lagen, die am Vorabend

fein ordentlich gefalteten, Kleidungsstücke. Von montags bis samstags trugen wir das gleiche Kleid, am Sonntag gab es das Sonntagskleid. Dunkelblau mit Faltenrock und weißem Kragen. Meiner Mutter gefiel es gar nicht, dieses furchtbare Blau macht dich viel zu blass und zu streng, jedes Mal der erste Satz wenn sie mich sonntags besuchen kam.

Wünsche dir ein anders Kleid, jedes Mal der Kommentar von Schwester Pia. Dass ich nicht in der Lage war, solch einen Wunsch zu äußern, verstand sie nicht.

Im Flur vor den Waschräumen hielt Frieda Aufsicht, sie achtete streng darauf, dass Jungen und Mädchen getrennt, nicht unschicklich herumliefen und sich gründlich die Zähne putzten.

Schwester Pias Aufsicht beschränkte sich darauf, im Wohnbereich darauf zu achten, dass der Frühstücksdienst die Tische deckte, aus der Großküche im Keller, die Milchkannen, Brot, Marmelade und Quark herauf holte.

Frühstücksdienst, mochte ich. Wir Kinder trafen uns ohne Aufsicht auf den Korridoren, rutschten einige Runden auf den glatten Fußböden, bevor wir uns in die Aufzüge drängten und mit lautem Geschrei in die Tiefe stürzten. Auf der Fahrt dorthin grapschten die Jungs an unsere Busen und versuchten einen Kuss ungeschickt auf unsere Lippen zu drücken. Wir schrieen, alberten herum und vergeudeten unsere Energie schon in den ersten Stunden des Tages. Im Aufzug, auf dem Weg zurück in die Gruppen, war es unser Sport, mit den Fingern im Quark in den Schüsseln der Nachbargruppen zu naschen, oder in deren Kakaokannen zu spucken.

Frühstücksdienst war trotz aller Anstrengung, sehr beliebt. Nach Begutachtung unserer Fingernägel, der Frisur, den geputzten Schuhen machten wir uns auf den Weg zum Unterricht. Die Schulräume befanden sich auf der ersten Etage. Schwester Pia meinte, dass dies ein Glücksfall wäre. Nie brauchten wir hinaus in Hitze oder Kälte, keine Regenschauer überraschte uns, kein Wind würde um unsere Nase wehen. Sie wusste nicht, wie sehr ich mich danach gesehnt hätte, wie gerne ich den Regen auf meinen Wangen gespürt und eine Blume verbotener Weise aus Nachbars Vorgarten gepflückt hätte.

Im Klassenraum, das gewohnte Bild. Die Mitschüler so vertraut, dass ich die ersten Minuten mit geschlossenen Augen saß und jeden Tag aufs neue hoffte, dass es, wenn ich die Augen öffnete, etwas Ungeheuerliches, Unbekanntes zu entdecken gab.

Es passierte nichts, lediglich im Sommer die Sonnenstrahlen, die Schneeflocken im Winter, Regen im Herbst und grün werdende Blätter im Frühjahr. Das war mir alles schon bekannt und das Gefühl, mit Sehnsucht darauf zu warten, lernte ich viel später kennen. Die Neugier, die jetzt meine Gedanken beschäftigte war die Frage, nach den Vätern. Frieda war die richtige Person für solche Gespräche. An den langen Nachmittagen, wenn sie mit der Nähwäsche nahe vor dem hohen Fenster saß, den Blick auf den hoch gefüllten Korb mit den aufgegangenen Nähten oder abgerissenen Knöpfe der Kleidungsstücke, liebte sie es, wenn ich ihre Nähe suchte. Ich liebte es, neben ihr zu sitzen, und sie so nebenbei mit Fragen zu bombardieren. Mit einer Engelsgeduld beantwortete sie all meine Fragen. Wir waren schon so weit, dass ich wusste, dass Kinder gezeugt wurden. Wie ein Mann und eine Frau das zustande brachten, war mir noch nicht klar.

Mutter, Vater, Kind hieß dieses Spiel und Frieda meinte, den genauen Ablauf würde ich früh genug selbst herausfinden. Die Freude und den Spaß daran, wollte sie auf keinen Fall vorweg nehmen.

Lebten drei Personen dann zusammen, war es eine Familie. Doch gäbe es fast genauso viele Menschen, die ein Einzelleben führten. Was besser war, konnte Frieda nicht beurteilen, sie kannte Familien, die sich danach sehnten getrennt zu leben und getrennte Personen, die ewig Sehnsucht nach diesem Familienleben hatten.

Frieda kam aus einer Familie, die zusammen lebte. Uns nannte sie arme Geschöpfe. Also schien die Variante Familie, die Schönere zu sein. Mich interessierte brennend, wie sie aussahen, diese Familien. Sahen sie sich ähnlich, waren die Mädchen so schön, wie ihre Mütter oder sahen sie hässlich, wie die Väter aus? Wer bestimmte die Anzahl der Geschwister, wer hatte das Sagen?

Die Liebe, sagte Frieda, die Liebe spielt die größte Rolle in diesem Szenarium. Die Liebe mache das Kinderkriegen zur Freude und zur Lust, oder zur Traurigkeit und Last. Die Liebe ist entscheidend für ein tolles Zusammenleben oder die fürchterliche Einsamkeit. Die Liebe ist die wärmende Sonne oder der kalte Mond. Hier widersprach ich, der Mond war mein Freund, er war nicht kalt und in einsamen Nächten mein Zufluchtsort am Himmel. Er war beständig, egal in welcher Phase. Frieda lachte, der Mond ist wie die Liebe, er kommt und geht, was da bleibt, ist die Erinnerung und das Wissen darum, dass er wiederkommt. Die Frage nach meinem Vater sollte ich Mama stellen. Für den nächsten Sonntag nahm ich mir das vor. Zunächst nahm ich an diesem Tag den Vater Marios und Rudolfs unter die Lupe. Er kam schon sehr früh die aufgeregten Söhne abholen. Mit leuchtenden Augen und ausgebreiteten Armen stand er im Türrahmen und drückte gleich die glücklichen Kinder an seine Brust. Am liebsten hätte ich mich auch an ihn geschmiegt, so stark berührte er mein Herz. Er schickte Mario und Rudolf zum Auf Wiedersehen sagen zu Schwester Pia und verabschiedete sich mit einem scheuen Lächeln. Aus dem Fenster sah ich die drei Personen, die sich fest an den Händen hielten. Ich schickte sehnsüchtige Blicke hinterher. Langsam ahnte ich, was ein Vater war.

Am Nachmittag, trug Mama ein blau-weiß getupftes Kleid.

Die hochhackigen roten Schuhe in der gleichen Farbe, wie die angemalten Lippen. Müde war sie, streifte die Schuhe ab und legte sich, den Kopf auf den Arm gestützt, die rot lackierten Fingernägel ins lockig blonde Haar gepresst, elegant auf mein Bett. Ich zitterte bei dem Gedanken, in der kommenden Nacht eingehüllt im bleibenden Duft des Parfums langsam einzuschlafen. Mama brauchte Ruhe, ich erzählte belangloses Zeug und erinnerte daran, dass sie in der kommenden Woche einen Termin bei Mutter Oberin, der Leitung des Waisenhauses hätte. Es ging um die Frage, was aus mir werden sollte, wenn meine Zeit hier zu Ende war. Mit 14 Jahren mussten wir das Heim verlassen. Es war September, ein halbes Jahr später, im Frühling hatte ich Geburtstag. Mama winkte ab, seufzte kurz bevor sie meinte, dass sie den umständlichen Weg hierher, dann schon wieder auf sich nehmen müsste. Nachdem sie sich, meiner Meinung nach, lange genug ausgeruht hatte, klammerte ich mich an meinen Stuhl, schaute hellwach in ihr schlafendes Gesicht und stellte die Frage: Mama, wer ist mein Vater? Es musste heftig geklungen haben. Nie hatte ich erlebt, dass Mama so schnell und wach aufrecht saß und nach Worten suchte.

Dein Vater? Welcher Teufel hat dich geritten, wieso interessierst du dich für deinen Vater? Fort ist er, verlassen hat er uns, nie hat er nach dir gefragt, was soll die Fragerei, geht es dir nicht gut ohne ihn? Wenn du es unbedingt wissen willst, seine Heimat ist Spanien, dort ist er ein angesehener Mann. Er kam als Geschäftsmann, wollte zugleich seine Deutschkenntnisse verbessern, wie er es nannte. Er zeigte mir wunderbare Fotos von seinem Land, naja auch von seiner Familie. Hübsche Menschen in eleganten Kleidern.

Großartige Villa, Palmen und so weiter. Fabelhaft sah er aus mit dem gelockten Haar, den dunklen Augen und dem gewagten Schnurrbart. Einfach unwiderstehlich, dieser Carlos. Nicht nur mit dir, auch mit wertvollen Sachen hat er mich verwöhnt. Carlos wusste mit Frauen umzugehen. Wir hatten eine wunderbare Zeit.

Meine Gedanken überschlugen sich, es ging zu schnell. Der ungewohnte Redeschwall Mamas, die Gewissheit, dass ich einen Vater hatte, der Carlos hieß und der Grund für meine braunen Locken war.

Weiter Mama, erzähle mir alles!

Lass mich in Ruhe, warum hast du mich an längst vergessene Zeiten erinnert? Alles Schnee von gestern. Zum Glück hast du seine schlanke Gestalt und die vornehmen Gesichtszüge geerbt. Dein brauner Teint bringt die blauen Augen, die du Gott sei Dank von mir hast, wunderbar zur Geltung. Meine zarte Haut und die seidigen Haare konnte ich den anderen vererben.

Welchen anderen, ich will alles wissen Mama, zwischen uns darf es keine Geheimnisse geben.

Lass mich in Ruhe, ich habe keine Geheimnisse, ich habe alles vergessen.

So aufgeregt war ich noch nie und schüttelte Mamas Schultern, solange bis sie zitterte. So kannten wir uns nicht.

Was soll das, Marie, hör' auf, ich habe nicht mehr die Kraft zu kommen, meine Zeit an solche Sonntage zu verschwenden. In Zukunft schicke ich Benno und deine Schwester Liesel. Die können deine lästigen Fragen beantworten.

Was hatte sie gesagt, von wem hatte sie gesprochen, wer waren Benno und Liesel?

Meine Neugier steigerte sich rasend, doch Mama zu fragen, war nicht mehr möglich. Sie hatte sich aufgerichtet, die Haare in die perfekte Lage gebracht, Beine und Fingernägel überprüft, den Blick auf die Türe gerichtet.

Unmöglich konnte ich sie gehen lassen.

Mama, ich habe einen Kaffee vorbereitet, komm mit in die Küche, schmeichelte ich, ein Stück Kuchen gibt es noch, außerdem will Schwester Pia ...., ich musste alles daran setzen, dass Mama blieb, mir öffnete sich eine neue Welt, ich hatte ein Recht darauf, alles darüber zu erfahren.

Das Angebot überzeugte. In der Küche saßen wir an dem ausgezogenen Tisch mit der unempfindlichen Resopalplatte. An diesem Sonntag, mit einer kleinen bestickten Tischdecke in der Mitte belegt. Die Farben des Stickgarns der Jahreszeit angepasst, rötlich braun, orange und violett Weintrauben-Pflaumen-Apfelsinen.

Viel zu schreiend, Mamas Kommentar. Der Kaffee schmeckte, obwohl sie viel zu viel Milch in die braune Brühe goss. Den Kuchen, auf den ich verzichtet hatte betrachtete sie verächtlich Käsekuchen.

Käsesahne, verbesserte ich leise. Habe ich wirklich eine Schwester und wer ist Benno? Ich streichelte sanft ihre Arme und sprach mit zärtlicher Stimme.

Ein kleines Unglück, diese Liesel! Vor einigen Jahren passierte es. Benno war unvorsichtig, für weitere Maßnahmen war es zu spät. Großzügig wie ich bin, gab ich nach. Auf einen Balg mehr oder weniger kam es nicht an und Benno hielt tatsächlich sein Versprechen, das Kind zu versorgen. Manchmal könnte man glauben, dass er mehr an der Kleinen hängt als an mir. Soll mir nur recht sein.

Ausgehen kann ich so und so nicht mit diesem mickrigen Kerl, der keinen Wert darauf legt, seine Zähne reparieren zu lassen. Hauptsache ist, dass ich von ihm leben kann und er sich um das Kind kümmert. Ich muss immer lachen, wenn er morgens um fünf, so leise wie möglich in der Wohnung herumrödelt, bevor er seine Zeitungen austrägt. Rechtzeitig um sieben ist er wieder da, bereitet für mich und Liesel das Frühstück. Alles hat er in seinem hässlichen Kopf. Er vergisst nicht, was er einer schönen Frau schuldig ist.

Hallo Frau Braun, gehen Sie nicht ein bisschen zu weit in ihren Erzählungen? Schwester Pia unterbrach hart aber freundlich das Gespräch. Sie schickte mich auf mein Zimmer um einige Worte unter vier Augen mit Mama zu reden, wie sie sagte.

Eine halbe Stunde später saß sie dann an meinem Bett, trocknete meine Tränen und teilte mir freudig mit, dass Mama ihre Einwilligung zu dem Gespräch mit Mutter Oberin und somit auch zu dem Vorschlag, mich auf das Gymnasium, statt ins weiterführende Heim für junge Lehrlinge zu schicken, gegeben hatte. Im Klartext hieß es, ich brauchte das Heim nicht zu wechseln, durfte die Schule draußen besuchen und bekam, wie in solchen Fällen üblich, ein eigenes Zimmer unter dem Dachboden. Das war alles sehr schön, interessierte mich aber im Moment sehr wenig. Die Einheit -Marie und Mama- wurde durch andere Personen empfindlich gestört.

Carlos-Benno-Liesel oder Benno-Schwester-Vater

Ich machte es wie Susi, war nicht ansprechbar an diesem Abend, lag stumm im Bett. Die Stille unterbrochen nur durch das Geräusch der hochziehenden Nase und dem Schniefen in die Taschentücher.

Ich liebte die Verlässlichkeit eines gewöhnlichen Alltags, wenn nichts passierte, alles so beruhigend normal vor sich ging. Jetzt war alles aus den Fugen geraten.

Was mich brennend interessierte, waren die sorgsam gehüteten hellgrünen Karteikarten hinter der verschlossenen Schranktür, die mehr über mein Leben wussten als ich selbst. Irgendwie musste ich daran kommen. Als Verbündete würde nur Frieda in Frage kommen. Bei der nächsten Gelegenheit, setzte ich mich mitfühlend neben sie mit dem vollen Korb, zerrissener Kleider und zu stopfender Strümpfe.

Ach du Arme, was für eine schreckliche Arbeit, versuchte ich sie zu bemitleiden.

Heraus mit der Sprache, was hast du auf dem Herzen, was soll ich für dich tun, du machst mir nichts vor, klare Worte Marie.

Frieda war die Beste, doch bei meiner Bitte erstarrte sie ein wenig, wurde richtig ernst. Das ist riskant Marie, für dich und für mich. Bitte Frieda mindestens zwei Stunden ist Schwester Pia im Silentium, soviel Zeit brauche ich nicht. Bitte Frieda ich sagte diesen Satz nicht alleine. Die Kinder standen um mich herum, trieben Frieda in die Enge. Bitte Frieda, erfülle Marie diesen Wunsch, wir stehen Schmiere. So waren meine Geschwister, am liebsten hätte ich alle umarmt.

Keine Zeit dazu, ich zog mich zurück, meine zitternden Hände öffneten die Akte:

MARIE FIDEL

Marie Fidel-geboren am 18.März 14 Jahre alt
Erziehungsberechtigte: Lisa Braun, geborene Fidel
Vater: unbekannt, vermutlicher Name Carlos Jimenez
Geschwister:
Apollonia Fidel geboren am 19. April 24 Jahre alt, Erziehungsheim Alkoholprobleme
Vater : unbekannt

Georg Fidel geboren am 13. Mai 21 Jahre alt, adoptiert von Familie Gerk in Magdeburg
Vater : unbekannt

Emil Fidel geboren am 2. Juli 18 Jahre alt, Wohnort unbekannt
Vater: unbekannt

Liesel Braun geboren am 22. Februar 10 Jahre alt, Tochter von Lisa und Benno Braun

Frieda stürmte herein, Schwester Pia war in Anmarsch, der Karton musste zurück an Ort und Stelle. Mein Körper bebte, mir wurde heiß und kalt, der Atem ging zu schnell, das Herz klopfte rasend.

In diesem Augenblick hatte sich die Welt verändert. Wie sollte ich wieder den Anschluss kriegen? Ich kannte Mama, wusste, dass sie meine Mutter war.

Wer waren die Anderen? Hatte ich einen Vater oder fünf? Waren die Anderen meine Geschwister? Wo lebten sie?

Die Wichtigste aller Fragen: Warum hat mir nie einer davon etwas gesagt? Meine ganze Wut würde ich Mama entgegen schleudern, auch Schwester Pia würde ihr Fett abkriegen, da würde kein süßes Gesäusel über ein liebenswertes, intelligentes Kind helfen. Ich suchte nach Worten, die ich den beiden ins Gesicht schreien würde.

Die Schönheit meiner Mutter interessierte mich nicht mehr, ich übersah sie einfach. Betrogen hatte sie mich und dafür gab es keine Entschuldigung. Schwester Pia war auf keinen Fall so unschuldig, wie sie immer tat, es war feige so wichtige Dinge zu verschweigen.

Frieda durfte ich nicht verraten. Mein Wort hatte ich gegeben und darauf war Verlass. Ich suchte ihre Augen. Als sie mich freundlich lächeln sah, ging das Stopfen der Strumpflöcher weiter.

An diesem Abend war ich es, die in die Kissen heulte, Susi war mucksmäuschen still.

Wie ich die Zeit bis zum nächsten Besuchstag hinbekam, darüber konnten die Kinder meiner Gruppe und Schwester Pia ein Lied singen. Was war aus mir geworden? Mit zusammengekniffenen Augen, wütenden Blicken und einem unfreundlichen Ton in der Stimme mussten sie mich ertragen. Etwas Schlimmes war mir widerfahren. Wie junge Katzen schlichen die Kleinen um mich herum. Ihre lächelnden Augen konnten tröstlicher nicht sein. Schwester Pia seufzte laut. Noch eine in der Pubertät, oh Gott.

Ich war damit beschäftigt, Sätze zu üben, Fragen bereit zu haben, die ich Mama entgegen feuern würde. Es gab die Variante zwischen: -der sanften Tour, -ironisch bis wütend, -kalt und erbarmungslos durch die Blume oder direkt ins Gesicht. Entscheiden würde ich mich am Besuchssonntag.

Doch was passierte! Mamas gewohnter Auftritt, die Eleganz und das betörende Parfum erzielten nach wie vor die gleich Wirkung, erschlugen mich. Mamas üblicher Kommentar über das wieder ach so schreckliche Sonntagskleid, war erst der Funke auf dem heißen Stein. Wieso interessierst du dich für mein Kleid, wer bist du, wer ist mein Vater, wer sind meine Geschwister, warum weiß ich nichts, weshalb sprichst du nicht mit mir? Alles schrie ich mir aus der Seele, so dass Schwester Pia aufgeschreckt hinzu eilte. Sie zitterte bei dem Anblick ihres kleinen Schützlings. Marie wurde zu einem Vulkan, der nach langer, langer Zeit ausspuckte, was in ihm angestaut war.

Mama, dieser Aufschrei war die verzweifelte Aufforderung in den Arm genommen zu werden, den Tränen freien Lauf zu lassen und auf alle Fragen eine Antwort zu bekommen. Aber Mama blickte verzweifelt zu Schwester Pia, mit der Frage: Welcher Teufel hat sie geritten? Ich habe doch alle geliebt. Ist das eine Sünde? Ich nahm Mamas Hände drückte sie fest. Wer sind alle, wann hast du alle geliebt?

Genug für heute, genug. Konsequent schickte Schwester Pia mich ins Nebenzimmer.

Mir war so elend, dass ich sie ungerechter Weise anschrie. Was wissen Sie eigentlich über mich, sie wissen mehr über ihren Jesus, als über die Menschen mit denen sie Tag und Nacht zusammen sind.

Ich habe eine Karteikarte auf der alles niedergeschrieben steht, was uns deine Mutter über dich mitgeteilt hat. Was es zu klären gibt, wird sie dir selbst mitteilen. Wir sind nur da, dir eine Heimat zu geben, dir zu zeigen, dass du wichtig bist. Wir hören dir zu, wir interessieren uns für dich, von uns kannst du erfahren, dass es sich lohnt, zu leben. Geh jetzt in die Aula, da läuft Doktor Schiwago, der wird dir gefallen und dich zumindest für eine kurze Zeit auf andere Gedanken bringen.

Omar Sharif sah wirklich umwerfend aus.

Die Begegnung am nächsten Tag warf mich erneut aus der Bahn. Wem stand ich da gegenüber? Wer war dieser krumme hässliche Kerl mit diesem süßen kleinen Mädchen an der Hand? Ich kniff die Augen fest zusammen, wollte festzustellen, dass ich mich geirrt hatte. Und wirklich, die Ungepflegtheit des Mannes war eine Täuschung, es war lediglich die übergroße Kleidung die diesen Eindruck erweckte. Ein braunkariertes Sakko, zu lang an den Ärmeln und überhaupt! Ein gelbes Hemd, dessen weiter Kragen um den dünnen zerknitterten Hals von einer braunen Krawatte gehalten wurde. Die zu langen Hosenbeine ragten weit über die Spitzen der Schuhe. Der Mann trug braune lange Haare, die er mit breiten Kammspuren, ungescheitelt, über die Schultern geworfen hatte. Eine schwarze Hornbrille drückte schwer auf die zarte Nase und als er redete, war es mit einer krächzenden, ätzenden Stimme, die aus dem Hals gepresst zu kommen schien.

Hallo, Marie ich bin Benno, deine Mutter schickt mich zu dir, sie wollte, dass du uns beide kennenlernst. Lisa selbst kann nicht kommen, sie hatte gestern einen Unfall. Lieselchen habe ich mitgebracht, sie war so neugierig auf ihre große Schwester.

Lieselchen-kleine Schwester, eine Zehnjährige. Ich, Marie die Große, schaute das Kind an, erschrak über die verblüffende Ähnlichkeit. Gleiche braune Locken, hinreißendes Lächeln im zarten Gesicht, vertrauensvoller Blick.

Die Mama liegt im Krankenhaus, ist so gut wie tot, hat immer die Augen zu, kann nicht sprechen.

Liesel kam näher an mich heran, streichelte meinen Arm und meinte treuherzig: aber wir sind für dich da.

Die Welt hob sich aus den Angeln. Meine Tränen liefen wie ein Wasserfall, ungehemmt schluchzte ich laut und ließ es zu, dass Benno und Liesel mich gleichzeitig trösteten und umarmten. Es dauerte lange bis ich mich zu einem »so« aufrichten konnte und meine Bereitschaft zu sprechen zeigte.

Erleichert nickte Benno, bevor er sich einen Pfefferminz -Teebeutel in den Becher legte und kochendes Wasser darüber goss. Für uns Mädel füllte er eine Limonade in dickwandige Klostergläser. Schwester Pias Haube zeigte sich kurz und verschwand ebenso schnell, als sie diese, ach so friedliche Familienidylle erblickte.

Mit Mama war das so: nach dem letzten Besuch bei dir lief sie wie in Trance nach Hause. Völlig abwesend überquerte sie die Straße und schon war es passiert. Das heranfahrende Auto hatte sie einfach übersehen. Im Krankenhaus konnte sie so gerade noch mitteilen, dass ich mich um dich kümmern soll, was doch selbstverständlich ist. So einer Frau erfüllt man jeden Wunsch, wie sonst sollte ich mich bedanken, dass diese Schönheit sich mit mir abgegeben hat.

Bennos Blick starrte in die Ferne, erinnerte mich an das weise und traurige Gesicht eines alten Affen. Ich fand keine Erklärung, warum ich mich vor ihm fürchtete.

Liesel, das zauberhafte Geschöpf, eroberte sogleich mein Herz. Dieser helle Schmetterling, unschuldig und frei, beschützt von einem hässlichen Vater.

Wir nehmen dich mit zu uns nach Hause und wenn du willst zu Mama, Tränen stiegen wieder hoch, Lieselchen umarmte mich, küsste meinen Mund, Benno hob die Hand zum Gruß. Als sie gingen schaute ich ihnen ohne jede Regung hinterher.

Es dauerte seine Zeit bis ich in meine Gruppe zurückging. Nicht einmal Frieda erzählte ich von den Neuigkeiten, eigentlich ungerecht!

Ich benötigte Neues zum Anziehen. Mama mochte meinen blauen Faltenrock nicht, also konnte ich unmöglich darin ins Krankenhaus kommen.

Bitte Schwester Pia, machen Sie eine Ausnahme, geben Sie mir den Schlüssel von der Kleiderkammer. Es ist zwar noch nicht Winter und nicht Sommer, gewachsen bin ich auch nicht, doch ein neues Kleid ist unbedingt nötig.

Ist dir die Eitelkeit begegnet? Blöde Frage, doch sie holte den Schlüssel und ließ mich in Ruhe, in der dunklen, nach Mottenkugeln stinkenden Kammer herumstöbern.

Blau war mir die liebste Farbe, doch Mama meint, dass ich Rot tragen solle.

Zu guter Letzt entschied ich mich für eine kräftig blaue Hose und eine leuchtend rote Bluse, die wie ein Hemd geschnitten war und schneeweiße Knöpfe hatte. Ich fand noch ein Paar weiße flache Schuhe und ein weißes Haarband. Im Spiegel drehte ich mich so lange hin und her, bis ich mir gefiel.

Den Mottengeruch versuchte ich mit Shampoon im Waschbecken heraus zu quetschen, trocknete alles auf der Heizung, bevor ich mich am nächsten Tag, ausgehbereit, Schwester Pia vorstellte.

Sie drückte ein Kreuz auf meine Stirn und weg war ich. Ich nahm die Treppe, der Aufzug war keine Konkurrenz für mich.

Da standen sie, Liesel als zitronengelber Schmetterling, Benno, grinsend mit gefletschten Zähnen.

Nehmen die Damen mich in die Mitte?

Lieselchen protestierte. Ich möchte euch Beide an der Hand haben, deshalb muss ich in der Mitte gehen.

Mir war es recht so, warum fürchtete ich mich nur vor Benno?

Gehen wir zuerst zu Oma oder zu Mama?

Wer war Oma? Hatte ich jetzt auch eine Großmutter?
Benno erklärte kurz, dass seine Mutter gemeint sei. Sie wohnten alle im gleichen Haus, die Oma im Rollstuhl kümmere sich um Liesel, wenn er Geld verdienen müsse. Und Mama? Hatte sie nicht die Zeit dazu? Liselchen, auf meine Kenntnis der Situation vertrauend, schaute mich erwachsen an. Du kennst sie ja, das wäre zu anstrengend für sie, ihre Haare die Fingernägel und das alles wegen eines Kindes.

Das Krankenhaus war nicht weit entfernt, eine große Eingangstür und lange Gänge, waren mir vertraut. Erst das Namensschild Lisa Braun an der Zimmertür ließ mein Herz schneller klopfen. Benno öffnete die Tür einen Spalt und schob seinen Kopf nach vorne. Er streckte ihn, wie eine ausgefaltete Ziehharmonika in die Länge, erstaunlich für diesen kleinen buckligen Mann. Er winkte uns Mädchen zu, auf leisen Zehenspitzen schlichen wir hinein. Gelbe Rosen, ein riesiger Strauß fiel als erstes auf. Dann Mama, die wie ein Engel dort lag, die Augen geschlossen, die Lippen leicht geöffnet, das Gesicht zart gepudert, ein Arm eng an den Körper gelegt, der andere verbunden mit der Infusion, schwebte, als wäre sie schon auf dem Weg in den Himmel. Die Tropfen perlten langsam durch den Schlauch, wie Buchstaben, die sie uns mitteilen wollte. Ich musste sie immer und immer wieder betrachteten. Als Benno ihre Hand nehmen wollte verbat ich es ihm. Lass das, deine Hände passen nicht zu ihr. Unberührt muss sie bleiben. Liesel nickte bestätigend, Benno zog sich verlegen zurück, verließ das Zimmer.

Mama sah so friedlich aus. Mit einem Mal konnte ich mit ihr reden, ohne unterbrochen zu werden. Mama hörte mir zu, hatte unendlich viel Zeit. Hätte ich Lust, hätte ich sie sogar küssen können. Liselchen zupfte an Mamas Locken, nichts passierte. Ich hob ihren Arm, der sofort zurück fiel. Liesel kniff in Mamas Wangen, ich hielt ihre Nase zu. Keine Reaktion.

Wir kicherten, hoben die Decke hoch, kitzelten sie unter dem Fuß. Ich legte meinen Kopf auf ihre Brust, Liesel trommelte auf Mamas Knie, wir spielten mit unserer Mutter und sie ließ uns gewähren. Erst der strenge Blick einer Krankenschwester die mit einem aufgeregten Benno ins Zimmer kam brachte uns zur Ruhe. Benno komplimentierte uns mit störrischem Blick aus dem Krankenhaus und führte Selbstgespräche. Aus seinen Worten: unfähig, nicht schaffen, ach du lieber Gott und ach du meine Güte, wollte ich mir keinen Reim machen.

Liesel an meiner Seite. Irgendwie glücklich, liefen wir hinter Benno her. Das dunkle Haus, in einer kleinen Gasse nahm ich erst wahr, als Liesel einen Stopp einlegte. Hier sind wir Zuhause.

Niemals hätte ich es mir so vorgestellt. Dunkel und hässlich. Mein schönes großes rotkariertes Backsteingebäude, mein Waisenhaus war geradezu erhaben und majestätisch, neben diesem unfreundlichen Gebilde.

Schwarzweiße Bodenfliesen, eine schwarze Holztreppe und die spärliche Beleuchtung, sorgten nicht dafür, dass es im Inneren des Hauses netter aussah. Von der ersten Etage begrüßten uns dumpfe und harte Stockschläge. Tok Tok Tok, immer im gleichen Rhythmus. Dann die ähnlich krächzende Stimme wie Benno. Ich vermutete einen Papagei, Benno, Liesel was ist los?

Liesel klinkte die Tür auf, Oma wir sind wieder da und haben die Marie mitgebracht.

Ich wollte weglaufen, Liesels strahlendes Lächeln verstand ich nicht.

Marie, das ist Oma, sie ist fast blind aber das ist kein Problem, Bennos Mutter also, fast noch unheimlicher als er. Zum Hineingehen in dieses dunkle Zimmer, fehlte mir der Mut. Vom Türeingang aus beobachtete ich verstohlen das verrückte Szenarium. In einem Rollstuhl vor einem riesigen Pult saß Oma als Dirigent. Stöcke in unterschiedlichen Größen und

Stärken waren daran befestigt. Mit jedem passenden Stockschlag gab sie Befehle.

Liesel erklärte: Klopft Oma mit dem dicksten Stock, ist das der Befehl, sofort zu ihr nach oben zukommen. Kleine metallisch klingende Stäbe sind mein Kommando, Benno hört auf den Peitschenschlag.

Die Vorhänge blieben logischerweise geschlossen, als Mobiliar genügten- bis auf den Rollstuhl- ein Bett und ein riesiges Regal. Hier befanden sich, peinlich genau angeordnet, sämtliche Kleidungsstücke, Wäsche, Handtücher, Porzellan, Gläser usw. Mit einem Griff hatte Oma sofort was sie wollte. An einer Kleiderstange hingen Blusen, Jacken und Mäntel. In Körben daneben lagen schmutzige Wäsche und Schuhe.

Liesel saß zu Omas Füßen, auf einem kleinen Bänkchen. Was mich immer wieder erschreckte, war diese Trostlosigkeit, die Finsternis in den Räumen. Der moderige Geruch, die buckligen, kreischenden und schleichenden Gestalten und mittendrin dieses leuchtende Mädchen, meine Schwester, die hier, Gott sei Dank, nichts als Bedrohung empfand. Ich wollte nichts weiter als fort von hier.

Jetzt zeige ich dir mein Zimmer. Liesel führte mich in die Räume die mir mit ihrem Duft bekannt vorkamen. Es war das Parfum Mamas. Mit geschlossenen Augen, wie eine Droge sog ich den Duft in meine Nase. Es war ein gutes Gefühl, hier konnte ich es aushalten.

Liesels Zimmer war ein Bett im Wohnzimmer, überladen mit Puppen, gestrickt oder gehäkelt, aus Stoffresten zusammengeflickt, eine hässlicher als die andere.

Findest du die etwa schön?

Natürlich nicht, Mama ist schön, die Puppen sind weich und kuschelig. Außerdem hat Oma sie gemacht, für eine blinde Frau eine enorme Leistung.

Liesels weise und altkluge Antwort.

An einer Seite, in einer ausgebauten Nische, ein faszinierendes Möbelstück.

Liesel klärte mich auf. Diese Nische ist ein Erker, dieser Frisiertisch mit dem dreiteiligen Spiegel und den vielen Schubladen ist Mamas Platz, du weißt ja.

Ich sah sie vor meinen Augen, schimmernd und leuchtend. In der Hand den silbrigen Handspiegel, die vergoldete Bürste und die Haarnadeln. Auf dem Tisch Parfumflakons, geformt wie kleine Vögel und Blumen. Filigran gearbeitete Dosen, den Platz für Ohrringe, Ringe, Halsketten und Armreifen. Hier war Mama, ich konnte nicht genug davon bekommen, vergaß die Öde und Trostlosigkeit der Wohnung. Aufgeschreckt wurde ich durch dieses dumpfe Klopfen und eine krächzende Stimme. Habt ihr mich vergessen, ich habe euch doch gehört, was ist los, ich habe Hunger.

Dann ein glockenreiner Ton, ein leichter Schlag von einem metallisch klingenden Stab. Lieselchen, komm zu mir, bring mir was zu essen.

Benno hantierte schon in der Küche, Liesel trat von einem Bein aufs andere. Benno grinste mir zu. Ja, Marie. So ist es bei uns, da fragst du dich, wer wohl den Kürzeren gezogen hat.

Es geisterte in meinem Kopf, das Märchen von Hänsel und Gretel. Es gab die böse Hexe, die hier mit einem Gehilfen die Unschuldigen zur Verzweiflung brachte. Vielleicht irrte ich mich auch.

Benno ich will nach Hause, erkläre mir den Weg?

Keine Angst, nach dem Essen bringen wir dich.

In umgebundener Schürze, zusammengehaltenen Haaren, mit flinken Fingern den Kochlöffel rührend, war er der Zauberer, dem ich entkommen musste.

Den flehenden Ruf Marie, zwischen schlagenden Stöcken hörte ich nur noch mit halbem Ohr. Auf der Straße rannte ich. Erst umgeben von vielen Menschen kam ich zur Ruhe. Tief atmete ich durch. Familienleben hatte ich jetzt genug erlebt. Auf dieser belebten Straße, inmitten vieler Menschen, war ich frei, fühlte ich mich fantastisch. Ich bestimmte meinen Weg, konnte stehen oder gehen. Betrat die Geschäfte, fuhr mit der Rolltreppe, zählte dieses Rauf und Runter und beschloss beim 13ten Mal, damit aufzuhören.

Eine erste Ahnung von der Zeit, wie es nach ein paar Monaten sein würde, wenn ich freien Ausgang hatte.

Es dämmerte, ich hatte Hunger. Ich wusste nicht wo ich war und hatte kein Geld. Die Straße war sehr belebt, irgendetwas musste mir einfallen. Vorbeifahrende Busse mit der Nummer 152 fuhren in Richtung Waisenhaus, eine Sorge weniger. Aber dorthin wollte ich noch nicht. Der Duft von Gebratenem und süßen Sachen machte es unmöglich, einfach daran vorbei zu laufen. Alles wollte ich probieren. Vor mir einige Schulkinder, mit ihren Taschen auf den Schultern. Gib mir ein Blatt Papier und einen Stift. Bekommst du sofort zurück, mach schnell.

Der Junge kicherte, ob erstaunt oder ängstlich, war mir egal. Bereitwillig rückte er die Sachen heraus. Ich schrieb auf dem Rücken seiner Tasche. Armes Waisenkind hat Hunger und bittet um eine Spende.

Die Schulkinder lachten verlegen. Sag uns Bescheid, wenn du Glück damit hast, versuchen wir das auch einmal.

Sie liefen weiter, ich hockte mich vor den hell erleuchteten Eingang des Kaufhauses. Wie ich es einige Häuser vorher beobachtet hatte, hielt ich Hand und Zettel offen und machte eine traurige Miene. Eigentlich musste man meinem Gesicht die Armseligkeit ansehen, doch kein Mensch nahm mich wahr. Ich war es, der beobachtete und nicht genug bekam von den müden, abgehetzten, traurigen oder fröhlichen Gesichtern. Manche liefen wie Nachtwandler, der Welt entronnen, wie Schwester Pia sagen würde. Viele redeten und gestikulierten lebendig. Am besten gefielen mir die Verliebten, die sich tief in die Augen schauten, sogar küssten und eng umschlungen liefen. Auch sie der Welt entrückt. Oder die Alten, die schweigsam, aufeinander angewiesen, Hand in Hand ihren Weg suchten. Sie waren es auch, die mir zwei Geldstücke in die Hand drückten. Ein Jugendlicher war schnell bereit einen Geldschein herauszurücken, wenn ich ihm etwas zeigen würde. Er war mir unheimlich, ich stieß ihn weg. Ungefähr seit eine Stunde stand ich hier, es wurde ziemlich dunkel. Jemand fasste mich hart am Arm, wer hat dir erlaubt hier vor dem Laden zu betteln, verschwinde sonst rufe ich die Polizei.

Gib mir ein bisschen Kleingeld, dann bin ich weg. Er schüttelte mich grob und sagte so etwas wie Frechheit oder Früchtchen.

An der nächsten Ecke zählte ich mein Geld und war mit vier Mark und 38 Pfennig sehr zufrieden. 50 Pfennig kostete die Fahrkarte, für drei Mark kaufte ich Fritten und eine Wurst, der Rest wurde gespart.

Mama, heute war einer der schönsten Tage, die du mir geschenkt hast.

2. Kapitel

Selbständig – Volljährig-Erste Liebe

Meine Mutter lag im Koma. Ein Wunder müsste geschehen, so Schwester Pias Kommentar. Die Besuchstage wechselten die Richtung, ich war es, die Mama besuchen ging. An Liesel und Benno hatte ich mich gewöhnt, obwohl meine Besuche bei ihnen noch immer mit Angst und Schrecken verbunden waren. Im Heim lebte ich mittlerweile in meinem eigenen Zimmer, liebte diese Bude, deren Fenster eine Aussicht über das gesamte Viertel hergab, ohne dass ich gesehen wurde. Ich war Beobachter aller Bewegungen. Sah als Erste die Regentropfen oder Sonnenstrahlen, die Busse und Autos, Fahrräder und Leute, die ihre Hunde Gassi führten. Eine wunderbare Zeit begann. Mein Taschengeld war so großzügig, dass ich auf das Betteln verzichten konnte. Dankbar war ich den Lehrern im Heim, die mir so viel beigebracht hatten, dass das Gymnasium ein Zuckerschlecken war. In der Klasse gefielen mir die verstohlenen oder neugierigen Blicke, oder das mitleidige und zaghafte Lächeln der Mitschüler. Am Anfang war ich der Exot, eine aus dem Waisenhaus, eine arme Bedauernswerte. Wir gewöhnten uns aneinander.

Nicht alle wurden meine Freunde, zu Sabine und Gaby hatte ich den besten Draht, sie waren natürlich, bemühten sich nicht um mich, nahmen mich so wie ich war. Klaus bewunderte ich aus der Ferne. Die Lehrer liebte ich. Du wirst bevorzugt, hörte ich oft. Aus Inas Mund klang diese Behauptung fast schon böse. Klaus war derjenige, der dann beschützend den Arm um mich legte.

Wir schnitten Grimassen, lachten schubsten uns. Meine Ohren spitzte ich, wenn die Gespräche auf dem Schulhof von den

Eltern, Geschwistern und Familien handelten. Alles wollte ich mitbekommen. Zum Glück fragte mich niemand zu diesem Thema, was hätte ich schon sagen können. Besuche bei den Mitschülern, Einladungen zu ihnen nach Hause vermied ich. Irgendwie gehörte ich nicht dazu, was wohl an mir lag. Draußen gab es so viel zu sehen und zu lernen, dass ich voll damit beschäftigt war.

Im nächsten Monat, mein Geburtstag, ich wurde achtzehn Jahre und somit volljährig. Schwester Pia und Frieda saßen auf meiner Bettkante und erinnerten mich an diese Tatsache. Eine Idee, hatten sie auch schon parat. Es wäre wunderschön, doch noch einmal wie in den Kindertagen, in der Gruppe zu feiern. Ich, als tadelloses Vorbild für ein gutes Leben im Waisenhaus.

Dankend lehnte ich ab, den Ablauf kannte ich zu genau. Gottesdienst, Gratulationen, Torte-in meinem Fall mit 18 Kerzen-Luftballons, Reise nach Jerusalem, Topfschlagen. Ein Buch als Geschenk und keine Hausaufgaben.

Die Enttäuschung der beiden war mir gleichgültig. Zum Trost bot ich ihnen meinen erfüllbaren Wunsch an. Ich wünschte meine Karteikarten. Liebe Schwester Pia, war es nicht das Recht eines volljährigen Menschen zu wissen, wo er herkommt und wo seine Wurzeln sind?

Diese Bitte stelle der Mutter Oberin, sie hat darüber zu bestimmen.

Über mein Leben bestimmte die Leitung eines Kinderheimes, mein Leben in den Händen anderer.

Ich bin müde, einen Kuchen könnt ihr ja backen. Ina und Sabine aus meiner Klasse lade ich ein, die sind schrecklich neugierig. Ich schob die beiden aus der Tür, meine Tränen konnte ich nicht zurückhalten.

In dieser Nacht träumte ich von meiner Karteikarte. Hielt dieses hellgrüne Papier in den Händen und blätterte durch mein Leben. Als erste Person: Mama, groß und blond. Mit ausgebreiteten Armen hielt sie schützend wie die Mutter Gottes, viele Kinder unter ihrem Gewand. Viele, viele Kinder, die sich an sie schmiegen wollten. Mama posierte, rückte ihr Lächeln zurecht, schaute selbstgefällig in eine Kamera. Nachdem der Fotograf seine Arbeit erledigt hatte, zog sie die Kinder aus ihrem Gewand und schickte sie fort. Geht fort, geht, geht, sucht eure Väter, teilt ihnen mit, dass ich sie alle geliebt habe. Ihr seid Kinder der Liebe, das können nicht viele von sich behaupten. Die Liebe wird euch auf der Suche begleiten. Geht.

Mama schickte uns auf die Suche. Mein Weg begann im Waisenhaus, meinen Vater muss ich ausfindig machen. Meine Geschwister gingen andere Wege, die mir schemenhaft erschienen. Bevor ich losging besorgte ich große runde Ohrringe, so wie Mama es sich wünschte.

Mittlerweile war es soweit, dass ich an den Besuchstagen das Heim verließ, und zum Besucher wurde. Ich war es, die eine Mutter besuchen ging. Im Krankenhaus betrachtete ich Mama. Ich bestimmte, wie lange ich bleiben wollte. Ich zupfte an ihrer Frisur, an den Haaren, die langsam an Glanz verloren. Strich den Konturen der immer schmaler werdenden Lippen nach, puderte die eingefallenen Wangen. Mama verwelkte wie eine Blume.

Manchmal traf ich Benno und Liesel, zwei traurige Gestalten, Liesel in dem Alter, wo man nicht wusste ob man Männchen oder Weibchen war, lief nicht mehr an Bennos Hand, doch wie ein Schatten hinter ihm her. Dass sie Sehnsucht nach mir hatte, spürte ich aus jedem ihrer Blicke. Unbedingt sollte ich sie besuchen kommen, ihr neu eingerichtetes Zimmer begutachten, ihren Schwarm kennenlernen. Die Enttäuschung über meine Absagen, schluckte sie tränenlos, mit absolut trauriger Miene. Arme Liesel, ich war noch nicht soweit, wusste aber, dass ich auch sie auf ihrer Reise begleiten würde.

Der neue Typ in meiner Klasse brachte mein Herz zum rasen, allmählich begriff ich etwas von dem Gekicher und den Augenaufschlägen meiner Freundinnen. Aufmerksamkeit erregen, lautete die aufklärende Antwort Inas. Augusto nahm absolut keine Notiz von mir, obwohl ich ihn hinreißend anlächelte und gleich am zweiten Tag meine mitleiderregende Geschichte: Waisenhaus, Vater unbekannt, Mutter im Koma, mit belegter Stimme und trauriger Mimik erzählte. Ausreden ließ er mich nicht, unterbrach meine Geschichte, strich eine Locke aus meinem Gesicht und meinte lediglich, deine Augen sind schön, besonders wenn du lachst.

Augusto drehte sich und ging. Ich sah ihm nach, verstand, warum er so lässig, nicht dazugehörig, an den Mädchen und Jungs auf dem Schulhof vorbeischritt.

Ich war mir sicher, dass er sich am Tor noch einmal umschauen und lächelnd die Hand erheben würde.

Wie ein Film hatte ich die Fernsehabende vor Augen. Liebesfilme und die zweideutigen Bemerkungen Friedas. Ich spürte die Wärme, die in mir hochstieg. Meine Gedanken blätterten wie in einem Buch, auf welcher Seite befand ich mich gerade, worauf musste ich achten, was kam zuerst? Der erste zaghafte Kuss, ein Spaziergang im Mondschein, der eng umschlungene Tanz, oder regenfeuchte Gesichter unter einem Regenschirm. In welchem Bett würden wir landen, hieß es bei dir oder bei mir? Nichts wollte ich verkehrt machen und spürte wie absurd meine Überlegungen waren. Träumen wollte ich, mich verlieben mit Herzklopfen und feuchten Händen. Sehnsucht wollte ich haben, Stunden, Minuten und Sekunden zählen. Geheimnisse hüten und ersticken an Umarmungen.

Niemand sollte uns stören, wir schlossen die Tür zu seinem Zimmer. Augusto und ich, alle anderen Dinge wurden zur Nebensache. Wir waren der Mittelpunkt, drehten uns um unsere eigene Achse, getrieben von Verlangen uns gegenseitig zu berühren. Unsere Haut aneinander zu schmiegen, den Pulsschlag hoch zu treiben, die Augen zum Leuchten zu bringen, miteinander zu lachen und zu weinen. Wir schrieen um die Wette und flüsterten aus tiefster Seele. Nichts war wichtiger als unser Zusammensein. Keine Fragen, keine Pläne, kein größeres Glück als das des Augenblicks. Ich wurde achtzehn Jahre alt, erhielt das Zeugnis der Reife, tanzte auf dem Abiturball und erhielt meine Karteikarte. Besser konnte das Leben nicht sein. Vor Allem, Augusto und ich, ein Rausch, der alles unwichtig erscheinen ließ und nicht enden sollte. Bis zu dem Tag, als dieser Wagen frech und protzig vor Augustos Türe hielt. Genauso aufdringlich hörten wir den Schlüssel ins Schloss stecken.

»Mein Vater«, zwei Worte ohne Betonung, sachlich klar, doch alles verändernd.

»Mein Vater«, sah mich nicht, schaute den Sohn an, teilte ihm mit: Es geht weiter, in zwei Tagen fahren wir. Ich habe alles geregelt, pack deine Sachen, lass den Schlüssel beim Portier und sei pünktlich am Flughafen.

Ich stand am Fenster, sah »Mein Vater« ins Auto steigen, spürte die Nadel, die den Ballon platzen ließ.

Augusto hob die Schultern, lächelte unschuldig. Ich hob meine Hand und ging.

Im Heim wartete der Geburtstagskuchen. Die Kerzen ließen sich hängen, schief und schräg, der Docht unberührt. Trockene Krümel, die sich neben der hellgrünen Akte Marie F. verteilten. Mein Reifezeugnis, achtlos auf dem Tisch und kleine Briefchen mit Blumen und Girlanden bemalt, die Glückwünsche meiner kleinen Schwester. Der kurze Ausflug ins Paradies war beendet. Tatsachen, die sich nicht abweisen ließen, schauten mir schonungslos ins Gesicht. Die Zeit gönnte mir noch eine Nacht zum freien Lauf der Tränen und Gedanken, bevor sie mich in den neuen Tag entließ.

Um zehn Uhr ein Treffen im Krankenhaus mit Mama und einem Notar.

Immer noch lag sie dort wie ein Engel. Feingemacht, die Lippen rosa geschminkt, Rouge auf den Wangen, die Haare gedreht. Ich beugte mich über sie, rief leise Mama und glaubte ein Lächeln zu sehen. Große Ohrringe hatte ich angezogen, sehr vorteilhaft zu meinem leider etwas rundlichen Gesicht. Mama, flüsterte ich, ich habe ihn geliebt, verstehst du, sehr geliebt. Ihre Augenlider bewegten sich, stimmten einem breiter werdenden Lächeln zu. Mama hatte verstanden. Wir teilten ein Geheimnis.

Wirklich eine Schönheit, ihre Mutter, der korrekt gekleidete Notar, dunkelgrauer Anzug, schwarze Brille, schütterndes Haar, gepflegte Hände, warf einen längeren Blick auf Mama, bevor er mich musterte. Die Tochter auch nicht schlecht.

Kommen Sie zur Sache, was gibt es?

Warum hatten Akten nur diese erbärmlich blassgrüne Farbe? Ein leuchtendes Rot, strahlendes Gelb oder je nach Anlass, ein tiefes Schwarz, hätte einen weitaus besseren Eindruck gemacht. Umständlich las der Notar die Formalitäten, bevor er zu dem Ausschlaggebenden kam. Wenn er wüsste, das mir schon alles bekannt war.

Erneut hörte ich die Namen meiner Geschwister, die Namen unserer Väter und schließlich einen Zusatz, den ich seltsamerweise noch nicht gehört hatte. Der Notar räusperte sich, wie auf Bestellung erschien ein Arzt, eine Krankenschwester legte den Arm um meine Schulter. Es wurde feierlich, unheimlich feierlich Der Notar erhob sich, schaute über den Brillenrand, direkt in meine Augen. Marie Fidel, die Hoffnung, dass ihre Mutter wieder erwacht und ins Leben zurückkommt, ist aus ärztlicher Sicht kaum mehr aufrecht zu halten. Den Umständen nach ist anzunehmen, dass Frau Lisa Braun, geborene Fidel, nicht mehr den Zustand einer geschäftsfähigen Person erreichen wird, was mich befugt, Ihnen den letzten Wunsch ihrer Mutter mitzuteilen.

Fein säuberlich, ein glatter Bogen Papier in den Händen dieses schmierigen Mannes. Leicht zitternd, was ihn mir in diesem Augenblick sympathisch machte, las er: Meine schöne Tochter Marie, ich gehe davon aus, dass du inzwischen Kenntnis von der Existent deiner Geschwister und deren Väter hast. Ich habe euch, meine fünf Kinder zur Welt gebracht, in der Hoffnung eine gute Mutter sein zu können. Die Umstände in der jeweiligen Zeit haben mir diesen Wunsch nicht erfüllt. Ich habe euch Menschen anvertraut, mit der Überzeugung, dass es euch bei ihnen besser gehen wird als bei mir. Du erlebtest deine Kindheit bei den sanftmütigen und selbstlosen Nonnen in einem Waisenhaus. Ebenso deine ältere Schwester Lona, in einer anderen Stadt. Einen Bruder übergab ich der außergewöhnlichen selbstlosen Liebe eines kinderlosen Paares. Liesel lebt in der Obhut eines gutmütigen Vaters und schweren Herzens überließ ich deinen weiteren Bruder seinem Vater. Blind habe ich ihm vertraut. Mein Herz ist schwer, liebe Marie. Fünf Kinder und fünf verschiedene Väter. Doch glaube mir, mein Leben war fantastisch, ihr seid alle Kinder der Liebe. Geliebt habe ich sie alle ….

Marie, dein Vater war ein Edelmann. Gold und Schmuck hat er mir hinterlassen. Nimm es und mach dich auf den Weg. Sieh meine Kinder mit meinen Augen und beteuere ihnen, dass ich sie alle geliebt habe. Marie, trage leuchtende Farben, große Ohrringe und vergesse mich nicht!

Mama

Ich küsste Mama auf den Mund, ohne Angst, dass ich die Farbe verwischen könnte.

Frieda hatte ein Gespür für mich, sie war es, die meinen Seelenzustand erfasste und sogleich den Finger in die Wunde legte. Als sie nach Dienstschluss zu mir unter den Dachboden schlüpfte, erfuhr ich gnadenlos, wie es um mich stand. Liebeskummer oder die liebe Mama? Es tat ihr leid, dass beides mich bedrückte und sie nur einen Rat gegen Liebeskummer parat hatte. Augusto war der Erste, gewöhne dich nicht schnell an Männer, dann fällt das Abschied nehmen nicht so schwer. Der Nächste kommt bestimmt und solltest du an die große Liebe glauben, merkst du den Unterschied mit allen Fasern deines Körpers. Die Liebe wird dich treffen wie ein Blitz und du wirst schweben zwischen Himmel und Erde.

Friedas träumenden Augen und verklärten Blicken glaubte ich sofort. Wenn es mir auch, nach so einem wie Augusto, schwer fiel.

Das Problem Mama und Familie wollte Frieda gerne Schwester Pia überlassen.

Dass dieses Gespräch eine ernste Angelegenheit wurde, war klar, als ich ins Büro gerufen und vor dem Schreibtisch Platz nehmen musste. Frontal, von Angesicht zu Angesicht mit Schwester Pia. Wie gerne hätte ich, an sie geschmiegt, auf dem Sofa gesessen. Doch ich war älter als sechs Jahre, hatte die Grenze für derartige Bedürfnisse also längst überschritten.

Schwester Pia hielt die hellgrüne Karte in der Hand, sie brauchte nicht hinein zu schauen. Was darin stand und auch mich, kannte sie zu genau. Ihre Augen suchten meine, ausweichen war nicht möglich. Schwester Pia interessierte sich für mich, ich war ihr wichtig. Wie stellst du dir deine Zukunft vor, welche Wünsche hast du, was willst du als erstes machen?

Sie bestimmte nicht, überließ mir die Entscheidung.

Hätte sie nicht diese sperrige Kleidung, dieses gestärkte Dach auf dem Kopf, würde ich sie umarmen und einen dicken Kuss auf die roten Bäckchen drücken.

Liebe Schwester Pia, ich weiß genau was ich will. Nachdem ich meine Familie kennengelernt habe, werde ich Jura studieren und alle Mitglieder gerecht und fein säuberlich begutachten. Ich werde heraus finden, warum alles so passiert und wer daran schuld ist. Ich werde verurteilen, bestrafen oder vergeben. Ich werde die Frage beantworten können, ob die Liebe das Recht hat, für jedes Verhalten als Entschuldigung zu dienen.

Genug, genug, Schwester Pia nickte zustimmend, empfahl mir aber Schritt für Schritt, behutsam vorzugehen. Wo willst du anfangen, wen als erstes kennenlernen?

3. Kapitel

Die große Schwester

Die kleine Schwester kannte ich, die große Unbekannte interessierte mich. Unsere Schicksale waren ähnlich. Im Heim aufgewachsen zu sein war mir vertraut. Der Mut, meine Brüder kennen zu lernen, fehlte noch. Über meinen Vater etwas zu erfahren wäre jetzt zu viel.

Geben Sie mir die Adresse von Apollonia, seltsamer Name, bleiben wir bei Lona. Ich machte mich auf die Suche nach Lona.

Die Gegend in der sie sich aufhielt, war mehr oder weniger ein Vorort von Köln. Unbedarft stellte ich keine Fragen, kaufte eine Schachtel Pralinen und setzte mich in die Vorortbahn. Die Besuchserlaubnis in meiner Tasche wunderte mich zwar, ich schenkte ihr aber keine weitere Aufmerksamkeit.

Lona musste zweiunddreißig Jahre alt sein, was tat sie so lange im Heim? Einige Informationen wären vielleicht doch nicht so schlecht gewesen. Allerdings wollte ich alleine heraus finden, was sich so alles zugetragen hatte. Jedenfalls unterschied sich Lona schon deutlich von mir. So sehr ich mein Dachzimmer auch liebte, mit zweiunddreißig sollte das Kapitel Heim abgeschlossen sein. Als Rechtsanwältin würde ich in einem Büro sitzen, Akten wälzen, oder in einer schwarzen Robe vor Gericht stehen und für das Recht kämpfen. Als Richter sogar über Recht und Unrecht entscheiden. Vielleicht wäre ich verheiratet und hätte Kinder.

Augusto war weit weg.

Die Bahnfahrt machte mich müde und die pralle Sonne im Gesicht störte allmählich. Ohne weitere Gedanken, döste ich durch die Landschaft.

Endstation »Brauweiler« weckte mich, richtig munter wurde ich bei der Antwort nach der Frage wo sich das Heim befindet. Die Jugendlichen grölten, hielten in torkelnder Pose eine imaginäre Flasche vor den Mund und meinten zu den Säufern geht es hier entlang.

Wie naiv war ich, wie blauäugig, meiner Sache bezüglich Heimaufenthalt so sicher zu sein? Jetzt stand ich vor dem Schild »Landesklinik Trinkerheilanstalt« mit der Tatsache konfrontiert, dass meine große Schwester hier zu Hause war.
Trinkerheilanstalt? Was hatte das zu bedeuten? Welch heilende Wirkung hatte das Trinken? Was musste getrunken werden und wie oft musste man trinken? Wurde man durch trinken geheilt, oder heilte die Anstalt den Trinker?

Noch hatte ich keinen Fuß über die Schwelle gesetzt, ich konnte zurückkehren und zögerte ein wenig. Nur der Gedanke, dass Apollonia mich erwartete, auf meinen Besuch vorbereitet war, ließ mich weitergehen.
Die Landesklinik, Trinkerheilanstalt, ein Heim ebenso wie mein Waisenhaus, in einem Klostergebäude untergebracht. Kam eigentlich niemand auf die Idee, dass wir Heimbewohner auch gerne in hübschen, idyllischen Häusern mit Vorgärten oder in gigantischen, schicken hohen Wohnblöcken gelebt hätten?

In meinem Fall war ich schon froh mit einem Heim vertraut gewesen zu sein. Hohe Wände, lange Flure, glatte Böden konnten mich nicht erschrecken. An der Pforte fiel es mir leicht ohne ängstlichen Ton in der Stimme zu reden. Ungewohnt für mich war allerdings dort ein männliches Wesen zu finden mit großem Kopf, hervorstehenden Augen und einem Bart, der den kompletten Mund versteckte und einer Stimme, die ich in irgendeiner Ecke des grauschwarzen Gewirrs von Haaren, suchen musste. Der Herr war bestens informiert. Ach so eine süße kleine Hübsche, die Schwester unserer Apollonia, wer hätte das gedacht.

Die Selbstverständlichkeit in dieser Weise mit mir zu reden, fand ich unverschämt, süß wurde ich dadurch nicht.

Ich werde erwartet bringen Sie mich zu Frau Fidler.

Leicht verunsichert, deutete er an, dass ich jeden Moment abgeholt und zu Apollonia gebracht würde.

Ein junges Mädchen in meinem Alter nannte sich Praktikantin, führte mich durch lange Korridore in einem Tempo, als flögen wir über die rotglänzenden Steinböden. Das rasseln vieler Schlüssel, zusammengefasst in einem Bund, begleiteten unsere Schritte. Es war das einzige Geräusch. Erst als die Praktikantin durch eine weitere Tür in einen anderen Flügel des Hauses gelangte, waren Stimmengewirr und die Lebenszeichen von Bewohnern zu hören.

Hellgrün, wieder als dominierende Farbe. Rote Steinböden wurden abgelöst durch hellgrünes Linoleum. Betreuer liefen in grünen Kitteln.

Auf den Fensterbänken, ineinander geschlungen, grünweiß gestreifte Pflanzen, in grünen Übertöpfen.

Ich sah durch geöffnete Türen in Räume, die eher einem Krankenzimmer als einem Zuhause, glichen. Eisenstangen fielen mir auf, Eisenstangen in großen Mengen, vor den Fenstern, an den Betten. Tische aus Eisengestellen, alle hygienisch weiß gehalten, passend zu den Kopfkissen und Bettdecken.

Zum Glück erkannte ich die Bewohner an ihrer farbigen Kleidung. Oder waren es Patienten, besonders fein herausgeputzt?

Die Praktikantin klopfte vorsichtig, vielleicht als Vorwarnung, an eine leicht geöffnete Tür, schob mich sanft hinein mit den Worten Frau Fidel, Sie haben Besuch.

Da stand ich nun vor meiner großen Schwester, die eine Vergrößerung meiner kleinen und ein Spiegelbild meiner selbst war. Wieso hatte meine puderhäutige, rosenfarbige Mutter, drei Töchter mit braunen Locken und bronzefarbener Haut, drei Mädchen die sich ähnelten wie ein Ei dem anderen, obwohl sie verschiedene Väter hatten. Mama stand wohl auf südländische Typen.

Hallo Apollonia, ich bin Marie, meine Stimme hörte ich leise und piepsig, aus weiter, weiter Ferne.

Apollonia sah nicht mich, sie sah den Beutel in meiner Hand. Hast du mir was mitgebracht, zeig her. Gierig griff sie in die Tasche, riss das Papier auseinander hielt die Pralinenschachtel in der Hand. Schnell drückte sie die Türe zu, presste den Rücken dagegen sprach leise, fast flüsternd. Vielen Dank Schwesterchen, die Praktikantin hat wohl vergessen dich zu kontrollieren, zu meinem Glück. Im Nu steckte sie eine Praline nach der anderen in den Mund, genüsslich und glücklich. Du kannst öfter kommen, beim nächsten Mal genügen Weinbrandkirschen oder Eierlikörpralinen, vergiss den Schokoladenkram.

Die leere Schachtel warf sie geschickt aus dem Fenster, sie passte gerade durch die Gitterstäbe.

Noch ein Fräulein Fidel, lass dich anschauen, siehst gut aus. Schickt dich Frau Braun, was hat sie auf dem Herzen, unsere Mutter? Hast du ne Zigarette? Kannst du nicht sprechen? Breitbeinig setzte sich Apollonia aufs Bett, seufzte, schaute mich herausfordernd oder war es gelangweilt, an. Noch nie kam ich mir so verloren vor, ich suchte nach Worten, war verlegen und stammelte so etwas wie Apollonia, unsere Mutter …

Lona, nenne mich Lona, der Apoll war für Lisa gedacht. Sie hatte geglaubt, den Gott Apoll getroffen zu haben.

Felix, hieß mein Alter. Felix der Glückliche. Der Name passt besser, er konnte sich glücklich schätzen, so eine tolle Frau im

Bett gehabt zu haben, so ein tolles Kind gezeugt zu haben und ohne jede Verpflichtung davon gekommen zu sein.

Mama hat ihn geliebt und dich liebt sie auch. Wieder diese dünne Stimme, wieso bekam ich keinen richtigen Satz heraus?

Lona prustete los, hielt beide Hände vor den Mund und lachte aus tiefstem Hals. Mit piepsiger Stimme äffte sie mich nach. Geliebt hat sie ihn und dich liebt sie auch, mir soll es recht sein. Mir ist es egal, ich liebe den Alkohol, der sorgt besser für mich als meine Mutter. Der Alkohol sorgt dafür, dass ich freie Unterkunft mit Kost und Logie habe. Was will man mehr. Beinahe hätte ich es vergessen, eine Schwester habe ich ja auch noch.

Lona stand auf, nahm mich in den Arm und führte mich unendlich sanft vor den Spiegel an ihrem Waschbecken. Wir sahen unsere Gesichter auf gleicher Höhe, die Haare unterschieden sich nicht, die Locken gleich miteinander verbunden. Wir ähnelten uns auffällig, die gleichen spöttischen Mundwinkel, die feine zarte Nase und die rund geformten Wangen. Doch ich war jung, ich war unverbraucht, frisch, hatte blaue Augen, die die Jungen verzauberten und die Erwachsenen zu Schwärmereien und tiefgründigen Aussagen hinreißen ließen. So tiefblau wie ein See, so blau wie das Meer, so blau wie der Himmel, blau wie ein Vergissmeinnicht, blau wie die Treue. Alles war mir bekannt, obwohl ich eine blaue Treue nie gesehen hatte. So blau wie die Nacht war mir am liebsten.

Ich sah in die Augen meiner Schwester Lona. Grün, so grün wie eine unendlich weite, gerade abgemähte Wiese. Womit sonst konnte ich sie vergleichen, mir fiel nichts ein. Ich fühlte weiter nichts als Traurigkeit.

Wir sahen uns an und hielten es nicht aus. Lona zitterte, ließ mich los und legte sich aufs Bett, drehte den Kopf zur Seite und starrte zur Wand.

Am liebsten wäre ich davon gelaufen, hätte mich nicht irgendetwas auf die Bettkante gezwungen und dazu bewegt, Lonas Hand zu nehmen. Hier saß ich nun, stark und hilflos zugleich. Ich spürte, wie gut meine Anwesenheit war, wusste aber nicht, wie ich mich weiter verhalten sollte. Vielleicht konnten wir etwas an die frische Luft gehen. Die Sonne schien herrlich, draußen würde das Reden bestimmt leichter sein. Komm Lona, wir gehen ein wenig vor die Tür, ich spendiere ein Eis, oder kaufe eine neue Packung Pralinen.

Lonas heftige Reaktion hatte ich nicht erwartet, sie stand auf den Beinen, lachte das mir schon bekannte laute Lachen, zeigte mit dem Finger an die Stirn. Wie naiv bist du eigentlich Mädchen, einfach mal so auf die Straße gehen, vor die Türe gehen, hast du nicht geschnallt, dass hier alles verschlossen ist? Wir sind in einer Anstalt, du als Gast und ich als Bewohner, als alt Eingesessene. Da kann man nicht so einfach eben mal das Haus verlassen. Ich meine, einen Versuch wäre es wert, heute ist schon so vieles anders gelaufen, wir können ja mal einen Ausflug unternehmen. So als Schwestern durch die Flure und rasch auf die Straße laufen ist doch nichts Ungewöhnliches.

Unser Atem ging heftig, es verschlug mir die Sprache.

Apollonia schob mich durchs Zimmer. Dieses Mal drückte sie mich auf einen Stuhl, setzte sich gegenüber und begann ihre Geschichte. Im ernsten Ton stellte sie mir frei, danach den Kontakt mit ihr zu halten oder abzu brechen.

Natürlich begann ihre Geschichte bei Mama.

4. Kapitel

Die erste Liebe meiner Mutter

Mama begann im Zentrum der Großstadt, im größten Kaufhaus der Stadt, die Ausbildung als Modeberaterin. Lisa kannte sich aus mit Stoffen, war geschickt an der Nähmaschine, sah blendend aus und erreichte mit ihrer naiven Unschuld und ihrem natürlichen Charme besonders die männliche Kundschaft. Selten saß sie alleine an ihrem Platz vor der Maschine, meist war sie umgeben von Männern, die man in dieser Abteilung eigentlich weniger vermutet hätte.

Lisa liebte ihren Arbeitsplatz, liebte die Illusionen, in dem großen Kaufhaus alles zu bekommen, was ihr Herz begehrte. In jeder Etage, ganz einfach und schnell, von Rolltreppe zu Rolltreppe, war alles zu finden, was sie sich erträumte. Ein Übermaß aller Dinge, die im hellsten Licht der übergroßen Lampen, im Inneren des Kaufhauses über mehrere Etagen hinweg angestrahlt funkelten. Schmuck, Uhren, Porzellan. Dazu der unwiderstehliche Duft der Parfüme Abteilung.

In den weiteren Stockwerken Abteilungen mit der neuesten Mode für Damen und Herren. Elegante Kleider, Mäntel oder Anzüge. Etage für Etage, Wäsche, duftig leichte Unterwäsche, Bettwäsche und sorgfältig, farblich genau abgestimmte Handtücher.

Ich wusste nicht, was mich mehr faszinierte. Lonas Ausdruck, ihre Mimik und ihre Gesten, die mich fast glauben ließen, als hätte sie alles selbst erlebt. Woher wusste sie diese Einzelheiten?

Oder die Traurigkeit, die mein Herz zusammenschnürte, dachte ich auch nur eine Sekunde lang an die Tragik unseres Lebens.

Ich wollte keine Fragen stellen, wollte meine Schwester nicht unterbrechen, obwohl ich zu gerne gewusst hätte, worüber sie mit Mama alles geredet hatte.

Lona sprach wie ein Wasserfall, meine Abschweifungen bekam sie gar nicht mit. Jetzt stand sie auf und führte mir vor, mit welcher Hingabe Mama damals im Kaufhaus die Stoffe angeboten hatte.

Lisa hatte Geschmack, so wie sie mit den Händen über die Stoffballen strich, mal sanft, mal kräftig, zärtlich oder robust, überzeugte sie jeden Kunden, genau das Richtige gefunden zu haben. Sie schlang die Stoffe um ihren Körper, stellte sich ins richtige Licht und machte jeden Farbton zu etwas Einmaligen. Hausfrauen erkannten den perfekten Ton der neuen Fensterdekoration. Die Herren waren oft ein wenig unsicher, ließen sich lieber des Öfteren die Stoffe um Lisas Körper geschwungen, vorführen.

An einem Tag kam Felix. Nicht nur an einem Tag, er kam auch an einem zweiten und an einem dritten Tag. Er ließ viele Ballen Stoff ausrollen, viele Stoffe an Lisa ausprobieren. So oft, bis es Lisa zu bunt wurde und sie sich weigerte, den rotglänzenden seidenen Stoff zum achten Mal um sich herum zu legen. Sie wurde unhöflich, zischte Felix an, schickte ihn zum Teufel. Felix lachte, schmeichelte ihr und sagte Dinge, die sie nie zuvor gehört hatte. Er kaufte diesen roten Stoff, Lisa nähte draus das Kleid, das sie zu ihrem ersten Rendezvous in einer schicken Bar an der Seite von Felix trug.

Der Abend begann so, wie Lisa es sich erträumt hatte. Sie wurde zum absoluten Mittelpunkt, spürte herausfordernde, sehnsuchtsvolle schmachtende Männerblicke, kokettierte mit einigen, fühlte sich verliebt in Felix, dankbar dafür, dass er sie in diese Gesellschaft eingeführt hatte. Lisa fand es himmlisch in den Armen unterschiedlicher, galanter Herren, großzügig gestattet von Felix, über die Tanzfläche zu schweben. Felix tanzte nicht gerne, ihm genügten die Bewunderung und der offensichtliche Neid der anderen. Dass dieses außergewöhnliche attraktive Wesen zu ihm gehörte, machte ihn stolz. Eine gute Flasche Champagner oder einige mehr, im schummerigen Licht den Blick auf Lisa, war alles was er brauchte. Saß sie während der Tanzpausen erhitzt und aufgewühlt neben ihm, sah er die kleinen Schweißperlen, die rosigen Wangen, wusste er genau, wozu sie bereit war. Einen klaren Kopf musste er bewahren, er kannte seine alten Gewohnheiten und Spinnereien. Der Alkohol versetzte ihn schnell in einen Zustand, der es bis jetzt unmöglich gemacht hatte, eine Frau an sich zu binden. Zuviel Alkohol machte ihn zu einem Gott, jedenfalls fühlte er sich so.

Bei Lisa sah er seine Chance. Seine glasigen Augen und sein bittendes, hilfloses Geschwätz machten sie schwach. Lisa hatte Mitleid, zärtlich streichelte sie seinen Arm, bat ihn mitzuteilen, was ihn bedrücke. Als Felix sie, seine Göttin nannte, war es um sie geschehen. Alles würde sie tun, die Richtige für ihn zu sein.

Felix war bei seinem Lieblingsthema angekommen. Die griechischen Götter hatten es ihm angetan. Er fühle sich wie Apoll, der Sonnengott-leuchtend und glänzend-jung und schön. Lisa neben ihm, seine Muse, eine, die ihn bewunderte und verehrte und ihn hoffentlich nicht wie die anderen vor ihr am Ende doch verlassen würde. Sein Schicksal, das Schicksal Apolls.

Er sprach von Kultur, Dichtung, Musik und Gesang, von Weissagungen. Er trank immer mehr, sprach von verschmähten Geliebten und drängte Lisa, ihm diese Schande nicht anzutun. Lisa hörte zu, unwissend, sie verstand nichts. Doch durch nichts wollte sie sich diesen Abend verderben lassen, war zu allem bereit. Die Bilder eines glanzvollen Lebens vor Augen, tröstete sie Felix, versprach ihm ewige Treue.

Felix, der sich mit Göttern verglich, lebte in anderen Dimensionen.

Sie, Lisa kam aus sogenannten einfachen Verhältnissen, Vorstadtsiedlung, Reihenhaus, sechs Geschwister, Mutter Hausfrau, Vater immerhin Angestellter bei der Eisenbahn. Die Familie lebte fromm und gottesfürchtig, es gab nur einen Gott zu dem sie beteten. Dem sie morgens und abends, vor und nach dem Essen dankten. Den sie respektierten und verehrten. Zu dem sie sonntags in der Kirche gläubig hinaufschauten, Lobeslieder sangen und der ihnen Anlass gab, im Laufe des Jahres gefühlvolle Geste zu feiern.

Dass Felix sich mit einem Gott verglich, war fast schon sündhaft und vielleicht war es gerade das, was Lisa so faszinierte. Die aufregenden Worte, die er ihr ins Ohr flüsterte hatten eher etwas Diabolisches, Verbotenes. Die Lippen, die ihr Gesicht, den Hals bis zum Busen zärtlich berührten, den sanften Hände die pausenlos ihren Körper streichelten, konnte und wollte sie nicht widerstehen.

Als der Kellner sie dann wortlos, mit einem leichten Kopfnicken gemeinsam zu dem schon vor der Tür wartenden Taxi begleitete, gab es kein Zurück. Der Fahrer schien Bescheid zu wissen, fuhr zielsicher los, während Felix neben ihr auf dem Rücksitz in einen kurzen, tiefen Schlaf fiel, den Kopf auf ihre Schulter gedrückt.

Der Fahrer sagte kein Wort, versuchte hin und wieder im Spiegel mit Lisa in Blickkontakt zu treten. Lisa wusste nicht ob sie sich schämen oder die Göttin spielen sollte.

Das kindlich weiche Gesicht Felix ließ sie zu Göttin werden. Als das Taxi in Marienburg vor einer Villa erster Klasse hielt, wusste sie, dass diese Entscheidung richtig war.

Vor der Tür warteten sie in gespenstischer Ruhe noch eine Weile. Schließlich regte sich Felix, leicht ernüchtert suchte er den Schlüssel in seiner Jackentasche, bedankte sich ohne zu bezahlen und bat Lisa auszusteigen. Der Fahrer tippte an seine Mütze. Bis zum nächsten Mal, Herr Kaiser.

Lisa betrat das schönste Haus, das sie je gesehen hatte. Staunend mit großen Augen bewegte sie sich in den Räumen auf Marmorböden, feinsten Teppichen, sah Möbel, Bilder, Figuren, konnte nichts *weiter als atemlos hinzuschauen. Ihr war nicht bewusst, dass sie so immer mehr zum Objekt der Begierde wurde. Seinen Worten, Lisa du bist die Richtige, meine Einzige, glaubte sie auf der Stelle. Sie ließ sich in die Arme nehmen und gab sich dem Rausch der ersten großen Liebe hin.*

Nicht mehr so sicher war Lisa sich bei dem Gedanken, was sie den Eltern über das erste nächtliche Fortbleiben erzählen sollte. Wie sollte sie ihnen das Geschehene begreiflich machen? Der Blick in das schlafende Gesicht Felix erweckte allmählich die Befürchtung, dass diese Sanftmut eher vom Alkohol als von Göttlichkeit herrührte.

Aufgeregt, mit klopfendem Herzen wartete sie auf die Helligkeit des Morgens. Sie schmiegte sich in die Arme Felix und glaubte den Worten der Nacht, am nächsten Tag mit ihm in den siebten Himmel zu gelangen. Mit ihm würde sie in unbekannte Höhen schweben.

Die restlichen Stunden der Nacht schluckend, erfüllte die Helligkeit des neuen Tages, tatsächlich die Versprechungen. Felix fiel mit solch einem Begehren über sie her, dass ihr schwindelig wurde. Ihre Unerfahrenheit reizte ihn, seine stürmischen Umarmungen empfand sie als leidenschaftliche Liebe. Dass Felix sie immer wieder seine Göttin nannte, machte sie nach wie vor glücklich. Völlig erschöpft, eingetaucht in den Traum der großen Liebe, schlief sie ein, ohne irgendeinen Gedanken an das Kind, dass sie empfangen hatte.

Erst als Felix sie weckte, mit wenigen Worten den Weg ins Badezimmer wies, ahnte sie die Schritte in die Wirklichkeit. Felix überließ ihr das rote Kleid und bezahlte das Taxi, das sie bis vor ihre Haustüre brachte.

Lisa war nicht ansprechbar, verbannte die angstvollen dunklen Gedanken und ließ nur Platz für die schönen Erinnerungen. Den Alltag verbrachte sie mit suchenden Augen im Kaufhaus. Nach einigen Wochen hatte die Realität sie eingeholt. Lisa war schwanger.

Es war eine Schande so unverheiratet schwanger zu sein. Die Leute redeten, zeigten mit dem Finger auf sie.

Sie empfand es dagegen als wunderbar. Bestaunte das Wunder, aus den Umarmungen einer einzigen Nacht ein Kind der Liebe gezeugt zu haben.

Schweigende Blicke im Elternhaus waren nicht anders zu deuten, als die Sorge um die Zukunft Lisas mit ihrem Kind,

Als der Bauch gut sichtbar war, sie sich der Aussichtslosigkeit des Wartens bewusst war machte sie sich auf die Suche nach Felix. Nicht einmal die Adresse kannte sie, weder sein Geburtsdatum, noch ob er ledig oder verheiratet war. Der Nachname Kaiser war ihr im Gedächtnis geblieben. Woran sie sich erinnerte waren heiße Umarmungen, feuchte Küsse, die Liebe zu Göttern und sein Name: Felix.

Felix, der Glückliche

So glücklich wie sein Name war er natürlich nicht, als er Lisa in ihrem Zustand vor dem Eingang der Bar, die er gerade mit seiner neuen Muse besuchen wollte, stehen sah. Alles Göttliche fiel von ihm als Lisa ihm das bevorstehende Glück offenbarte und die Muse entsetzt den Rücktritt antrat.

Beweise wollte er haben, Lisa geduldete sich.

Das kleine Mädchen, das geboren wurde, war dem Vater wie aus dem Gesicht geschnitten, den rechtlichen Nachweis erhielt sie ohne Schwierigkeiten.

Lisas Traum eines gemeinsamen Lebens erfüllte sich nicht, Felix hatte andere Verpflichtungen, einen liebevollen Vater hätte er so und so nicht abgegeben.

Entzückt war er über den Namen des Kindes. Als Erbgut des Vaters gab Lisa ihrer Tochter den Namen Apollonia.

Lisa hatte die Süße der Liebe geschmeckt und da ihr Appetit groß war, fand sie nicht die Zeit sich um Apollonia zu kümmern. Sie übergab das Kind der Güte der Schwestern vom Barmherzigen Kind Jesu, Felix durfte zahlen.

Von Herzen berührt und erstaunt sah ich meine Schwester Lona. Es wurde ruhig im Zimmer, ernst und schwer. Selbst die Sonne passte sich der Stimmung an, verließ den Raum. Wir Schwestern schauten uns an, bevor wir uns zögernd, viele Geheimnisse in uns bergend, in den Armen hielten.

5. Kapitel

Erwachen oder Erwachsen werden

Die Rückfahrt nach Köln, bot genügend Zeit die Erlebnisse Revue passieren zu lassen. Weil mir alles zu viel wurde, beschloss ich alles zu ignorieren und nur das Studium meine einzige Sorge werden zu lassen. Brav besuchte ich die Vorlesungen, verbrachte die Abende lernend in meinem Dachzimmer.

Die Besuche bei Mama konnte ich natürlich nicht einschränken, ins Krankenhaus zu gehen war meine Pflicht und neugierig war ich auch. Irgendwann einmal musste sich doch eine Veränderung zeigen. Froh war ich alleine an Mamas Bett zu sitzen.

Benno und Liesel kamen zu anderen Zeiten als ich, ob bewusst oder zufällig war mir egal.

Vieles war mir gleichgültig, das Leben meiner Kommilitonen interessierte mich nicht. Ich spürte schon die verlangenden Blicke einiger Studenten, amüsierte mich über deren mehr oder weniger witzigen, ernsthaften oder blöden Bemerkungen. Zu gerne erinnerte ich mich noch an Augusto, trug ihn noch in meinem Herzen.

Alles in allem war ich zu einer langweiligen, uninteressanten Nudel geworden.

Erst der Tag, als mich ein dringender Anruf aus dem Krankenhaus erreichte, brachte die längst fällige Veränderung. Mama, erwachte entgegen aller Erwartungen aus dem Koma. Typisch, allen hatte sie ein Schnippchen geschlagen. An ihrem Bett standen wir, starrten sie an wie einen Engel von einem anderen Stern. Liesel, Benno, die Schwestern, die Ärzte und ich. Mama bewegte ihre Augen, ließ sie erst langsam durch den Raum rollen, bevor sie bei uns Dreien stehenblieb. Wir mussten aussehen wie Gespenster, so erstaunt nahm sie uns wahr. Sie lächelte.

Genug für heute, die Krankenschwester jagte uns aus dem Zimmer. Liesel verknotete ihre Finger ineinander, trat von einem Fuß auf den anderen, unsicher ob sie mich anschauen durfte.

Mit einem warmen Gefühl betrachtete ich sie, es musste so etwas wie Geschwisterliebe sein. Außerordentlich hübsch war sie meine kleine Schwester. In dem Alter wo man nicht wusste, ob man Männlein oder Weiblein ist. Liesel, sagte ich sanft und behutsam, wir sind drei Mädchen, Mama hat noch eine große Tochter, die Apollonia heißt. Jede von uns hat zwei Schwestern, ich werde dich mitnehmen, wenn ich sie besuchen fahre.

Liesels Augen füllten sich mit Tränen, lass uns erst mal sehen was aus Mama wird.

Ich begleitete sie und Benno vor ihr dunkles Haus, wir verabredeten uns fürs nächste Wochenende am Krankenbett. Vorerst beendete ich meinen Winterschlaf. Die Veränderungen hatten mich geweckt, ich hatte teilzunehmen an dem, was Neues auf mich zugekommen war.

Allen Unkenrufen zum Trotz war Mama erwacht, Liesel hatte mein Herz erobert, Karneval und mein Geburtstag fielen fast zeitgleich. Ich wollte feiern, einundzwanzig Jahre ein wunderbares Alter, Karneval in Köln, Lebensfreude pur, dazu die Nachricht von Lona, dass sie in der kommenden Woche die Anstalt verlassen dürfe. Was wollte ich noch?

Die Kommilitonen erkannten mich kaum. So eine redselige Marie, die unbedingt nach einer Begleitung zu einem der närrischen Bälle Ausschau hielt, war ihnen neu. Tanzen würde ich, mich befreien von allen Zwängen. Im Kostüm einer Zigeunerin wollte ich die Männerwelt verführen. Ich fragte nicht, wo Schwester Pia dieses aufregende Kleid gefunden hatte. Mir gefielen jedenfalls die hoch roten Wangen und die leuchtenden

Augen, als sie aus mir eine Person zauberte, die unwiderstehlich war. Seidenstrümpfe an schlanken Beinen unter dem gestuften, weit schwingenden rotglänzenden Rock, mehrere Unterröcke und eine Bluse, deren Ausschnitt der Nonne die Röte ins Gesicht trieb. Ändern wollte sie daran nichts. Sie zupfte hier und da und legte mir, sich selbst beruhigend, ein knallgelbes Dreiecktuch um die Schultern. Die Rose im Haar genügte, den Lippenstift fand sie allzu aufreizend. Mit einem Klaps auf den Hintern schickte sie mich los. Ich vermisste das kleine Kreuz, das sie sonst auf meine Stirn drückte.

Sah ich wirklich so umwerfend aus? Nie zuvor rissen die Kommilitonen sich so um mich. Es war herrlich. So ausgelassen herumzutoben, Lieder zu grölen, Sekt zu trinken, Spaß zu haben. Von einem Arm hüpfte ich in den anderen. In den Armen Roberts wurde mir schwindelig und heiß. Robert war ernst, schaute streng, drückte fest meinen Arm. Vorsicht, nicht so schnell junge Dame, die Nacht ist noch lang, wir sollten sie genießen.

Was für ein Mann, er trug nicht nur das Kostüm eines Musketiers, er war D'Artangnon. Der Blick aus diesen grauen Augen bestimmte schon jetzt mein Leben. Robert schlug seinen Umhang um uns beide und entführte uns an die frische, feuchte Luft. Mit einigen Schneeflocken im Gesicht atmete ich tief durch und fühlte mich dem Paradies einen Schritt näher. Die Luft im verrauchten, vernebelten Saal, die dröhnende Musik, Schweiß und Hitze, jetzt abgelöst von Frische und Klarheit, einem weiten Himmel und Robert. Robert, an den ich mich vertrauensvoll lehnte, der mir absolut nicht fremd war. Ich fand meine Ruhe wieder. Robert ließ mich nicht aus den Augen, rauchte seine Zigarette, blies kleine runde Ringe in die Nacht.

Du musst etwas essen, sonst stehen wir die Nacht nicht durch, ich lade dich ein zu NINO.

NINO kannte ich, ein superschickes Lokal mit italienischem Flair und dementsprechenden Preisen. Ich hatte etwas von einladen verstanden, mir sollte es recht sein. Mit einem kleinen Seufzer lächelte ich und hakte mich bei Robert unter. Mit väterlicher Miene bahnte er uns einen Weg durch die Menge, nach gut einer Stunde befanden wir uns im Lokal. Die Italiener genauso lebenslustig wie die Kölner, feierten tüchtig mit und verbanden o sole mio mit dem Schicksal von Schmitzens Billa. Hoffentlich blieben sie ihren Essgewohnheiten treu und servierten keinen »halven Hahn« oder Sauerkraut mit Hämmchen. Robert schien hier bekannt zu sein, nach kurzer Zeit saßen wir in der schönsten Nische vor einer knusprigen Pizza und einer Flasche Prosecco. Am liebsten hätte er mir noch eine wärmende Decke umgelegt, doch das war zu viel des Guten. Da saß ich nun in der Karnevalsnacht mit einem wildfremden Mann, der mich väterlich umsorgte und gleichzeitig meinen Verstand durcheinanderbrachte. Robert, der edle Ritter der verführerischen Art. Sah ich seine Hände, wünschte ich nichts sehnlicher, als von ihnen berührt und gestreichelt zu werden. Robert redete nicht viel, suchte ständig meine Augen, mir wurde klar, was geschehen würde. Er führte mich aus dem Lokal, vorbei an den ausgelassenen Narren auf der Straße. Robert führte mich in die Säle und führte mich beim Tanz. Ich schwebte in seinen Armen, sein Kuss passte zu diesem Märchen, ich kam nicht auf die Idee, ihn mit Augusto zu vergleichen. Wir tanzten fast die ganze Nacht, küssten uns sanft und heftig. Als der Appetit zu groß wurde, war es Robert der auf die Bremse drückte, mich unverständlicher Weise brav vor der Türe des Waisenhauses absetzte. Er gab mir sein Versprechen, mich am nächsten Morgen abzuholen. Unter dem Dach warf ich mich aufs Bett, die Zigeunerin behielt ich an, sie duftete nach Liebe und nach den Küssen Roberts.

Es war Mittag als ich erwachte und Sonnenstrahlen die ersten Hinweise auf den hellen Zettel gaben, der unter meiner Zimmertür hervor schaute. Schwester Pias Schrift unverkennbar. Deine Mutter will dich sehen und sprechen! Mach dich auf den Weg.

Ja ich wollte mich auf den Weg machen, aber nicht zu Mama, ich hatte Sehnsucht nach Robert, ihn wollte ich sehen. Langsam pellte ich mich aus meinem Kostüm, stellte mich unter die Dusche und hoffte auf klare Gedanken. In meiner wohligen Trägheit ging es mir richtig gut. Das Lied von de kölschen Mädche im Ohr und auf den Lippen, gehörte zu dem Abend von gestern, und die Erinnerung daran war zu schön.

Diesmal ein Klopfen an meiner Tür. Schwester Salvator, die Pfortendienst hatte, teilte mir aufgeregt mit, dass da ein junger Mann im Kostüm nach mir fragen würde. Aber Marie, hat das denn seine Richtigkeit?

Ja, Schwester Salvator, Ja.

Robert, auf der Straße, breitete die Arme aus, drehte mich herum und wiegte mich wie ein Kind. Es war mir gleich, ob Schwester Salvator zuschaute oder Gott weiß wohin verschwunden war.

Robert sorgte sich um meine Gesundheit. Seine Bemerkung, deine Haare sind noch nass, brachten mich auf den Boden der Tatsache zurück. Ich musste zurück ins Zimmer und dachte für einen Augenblick daran, Robert mitzunehmen. Er wäre der erste Mann, der mit in mein Reich käme. Warum wollte ich das noch nicht?

Außerdem wartete Mama auf mich.

Robert, mein Liebster du musst gehen, ich erkläre dir alles, aber erst wenn es Abend wird. Sag, wo wir uns treffen können und stell mir jetzt keine Fragen.

Meinem schmeichelnden und flehenden Blick konnte er nicht widerstehen.

Um sieben Uhr bei NINO, ich werde da sein und auf dich warten.

Ein kleiner Kuss, ich lief die Treppen hinauf, drehte mich noch einmal zu einem kurzen Gruß und knallte die Pfortentür ins Schloss. Meine Tränen schluckte ich hinunter, als ich so etwas wie Wut auf meine Mutter empfand.

Ich zog eine dunkelblaue Hose, einen grauen Rollkragenpullover an, sah aus wie ein braves Mädchen und machte mich auf den Weg ins Krankenhaus.

Liesel und Benno holte ich nicht ab, ich hatte genug mit mir zu tun.

Auf dem Krankenhausflur empfing mich die Musik vom treuen Husar.

Zaghaft wie immer, klopfte ich an Mamas Tür, was würde mich heute erwarten?

Ich wollte nicht glauben, was ich zu sehen bekam. Zwei Schwestern mit Blumenkränzen um den Hals, der Arzt mit roter Pappnase, Liesel als Indianermädchen. Karnevalsmusik im Hintergrund. Alle, einschließlich Mama, hielten sich an den Händen, versuchten zu der Melodie vom alten Vater Rhein zu schunkeln.

Nur Benno, ohne Kostüm, stand ein wenig verloren und verlegen im Abseits. Als er mich sah, hob er hilflos seine Schultern. Meine Angst vor ihm verschwand allmählich.

Mama war erschöpft. Sie legte sich zurück in die Kissen, tätschelte mit einer Hand zärtlich die Wangen von Liesel. Sie erkannte mich, flüsterte erfreut Marie.

Was ist mit Apollonia, Lona, erinnerst du dich auch an sie? Ich wusste nicht, ob ich freundlich oder gehässig klang.

Mama war verwirrt, Lona, wo ist sie? Kommen Georg und Emilio auch? Ich liebe euch alle.

Sie schloss die Augen und schlief ein.

Das war es für heute. Anscheinend hatte ich alles verdorben. Eine Schwester sah mich vorwurfsvoll an und der Doktor meinte, dass es noch einige Tage abzuwarten gäbe.

Liesel wollte mit mir Karneval feiern, doch Benno vertröstete sie aufs nächste Mal. Ich hatte keine Lust nachzudenken.

Robert wartete auf mich, der einzige Gedanke in meinem Kopf. Ohne Kostüm bewegte ich mich zwischen den roten Perücken, Clowns und bemalten Gesichtern, überzeugt davon, dass auch Robert korrekt gekleidet erscheinen würde. Mein Herz sagte eigentlich etwas anderes als ich mich gegenüber NINO in die Reihen der Schunkelnden mischte und Robert von dort aus beobachtete. So schnell wie möglich hin zu ihm, der in Jeans, dunklem Wollmantel, rot- weißem Schal und Ringelmütze, ein wenig lustig, nach mir Ausschau hielt.

Ein bisschen lustig, gefiel mir eigentlich gar nicht, doch die Lust sich in die Arme dieses tollen Mannes zu stürzen, überwog alle Bedenken. Ich sah, wie er fror. Die Hände in der Mantel- tasche versteckend, von einem Fuß auf den anderen tretend, suchten seine Augen die Straße ab. So lässig wie möglich, löste ich mich aus der Menge. Total glücklich darüber, dass er mich mit lachendem Gesicht und ausgestreckten Armen in die Höhe hob.

Bei NINO saßen wir an unserem Tisch. Mit der Bemerkung deine graumelierten Schläfen gefallen mir besser, zog ich ihm die Mütze vom Kopf. Wir aßen Spaghetti und Pizza, tranken Rotwein bis wir aufgetaut und durchgewärmt waren. Roberts Bitte ich möchte mehr von dir erfahren, erwiderte ich mit der Frage wohin, zu dir oder zu mir? Eine strenge Falte auf seiner Stirn. Zu abgedroschen dieser Satz, ich bereute.

Nur ein kurzer Moment, dann sein gewohntes Lächeln

Er verstand, als ich kurz meine Hand auf seinen Arm legte. Mit den ernsten Dingen können wir bis Aschermittwoch war- ten, schlug ich vor.

Robert zahlte, half mir in den Mantel, brachte mich zum

Auto, öffnete die Tür an meiner Seite. In seiner Wohnung war ich erst wieder in der Lage etwas zu sagen, wow, kam mir zwischen dunkelbraunen Möbeln und schweren Ledersesseln über die Lippen. Ich stand auf dunkelroten Teppichen und staunte wie ein kleines Kind.

Die Selbstverständlichkeit und Leichtfüßigkeit Roberts beim Durchschreiten der Räume machten es mir schließlich einfach, das Gleiche zu tun. Es gelang mir nicht sofort, was ihn amüsierte.

In der Küche stand ein Kuchen auf dem Tisch. Robert nahm mich auf seinen Schoß und fütterte mich wie ein kleines Kind. Wir alberten herum und ließen uns anstecken von der Musik die durchs geschlossene Fenster zu uns schallte. Robert öffnete ein Fenster, ließ den Korken einer Sektflasche knallen und prostete den Jecken zu. Eng umschlungen tanzten wir unter dem Kronleuchter. Die etwas seltsamen Bemerkungen, wie ich werde für dich sorgen, du wirst es gut bei mir haben, aus dir mache ich was Besonderes, verdrängte ich und überließ mich dem wunderbaren Gefühl der Wärme und Geborgenheit.

Dass Robert mich am nächsten Morgen meine Kleine nannte, bezog ich auf den Größenunterschied zwischen uns. Dass er meine Tischmanieren tadelte, mit denen ich es nach dieser traumhaften Nacht, nicht so genau hielt, verstand ich überhaupt nicht. Ebenso wenig die spöttische Bemerkung, dass ich ja ziemlich leicht zu haben gewesen wäre, es aber Spaß gemacht hätte.

Meine direkte Frage wie alt bist du, irritierte ihn. Seine achtundvierzig, gab er ziemlich verunsichert zu. Verliebt schaute ich ihn an, verteilte Komplimente, überzeugte ihn davon, dass er attraktiv und intelligent war. Ein Mann wie eine Frau ihn wünschte. Und ich gerade erwachtes Küken durfte bei ihm sein. Mich hatte er gewählt, mich hatte er zu sich nach Hause genommen. Allmählich begriff ich die Worte zwischen seinen

Küssen. Er konnte mich formen, mir Wege öffnen, väterlicher Freund und Geliebter zugleich sein. Ich ließ mich auf ihn ein, erzählte ihm meine Geschichte, machte ihn mit Mama und meinem Leben bekannt.

Er hörte zu, als Rechtsanwalt klärte er mich auf über meine rechtliche Lage, meine Pflichten als Tochter und die Forderungen die ich stellen konnte. Sehr nüchtern, sehr professionell.

Als es soweit war, begleitete er mich vor das Krankenhaus, gab mir zwei Stunden Zeit und versprach, mich wieder abzuholen.

Ich sehnte mich nach Mama, war froh sie alleine für mich im Zimmer zu haben. Ihr flauschig hellblaues Bettjäckchen umhüllte sie wie eine Wolke. Freundlich winkte sie mich zu sich auf den Rand des Bettes.

Marie, du bist verliebt, dein Lächeln verrät dich, genieße die Liebe.

Sie sprach wieder, leise und langsam, Mama wusste, was sie sagte. Von der Liebe schien sie tatsächlich eine Ahnung zu haben.

Ich sprach mit ihr, erzählte von Robert, sprach von Augusto. Ich redete und redete, Mama hörte zu, unterbrach mich nicht, hatte Geduld. Sie gab Kommentare zu Augusto, fühlte mit mir meine erste traurig endende Liebe. Zu Robert gab sie mir den Tipp, alles aus ihm herauszuholen was mir nutzen konnte. Sie wusste wie ich mit ihm umgehen sollte, wie es mir am besten gelänge seine Liebe zu bewahren ohne meine Freiheit und Jugend zu opfern.

Opfern, nannte sie, es. Profitiere von ihm, sieh ihn als einen Gewinn.

Ich fasste es nicht. Meine Mutter interessierte sich wirklich für mich. Wie erschöpft sie davon wurde merkte ich, als sie krampfhaft versuchte die Augen offen zu halten, mich festhielt und nur noch mit dünner Stimme sprach. Ach Mama, jetzt strengst du dich auch noch für mich an.

Ahnte ich so etwas wie Mutterliebe?

Ich drückte sie sanft aufs Kissen, küsste ihre Wangen und schlich aus dem Zimmer.

Um sieben Uhr erwartete mich Robert, es war schon zwanzig Minuten später. Er stand und schaute auf seine Armbanduhr. Ich küsste ihn strahlend auf den Mund. Danke mein Held, dass du solange auf mich gewartet hast.

Robert lächelte, ich hatte von Mama gelernt.

Den Stolz, den Robert an den Tag legte, als er mich in der kommenden Zeit in seinen Juristenkreisen vorstellte, als er mich für den Opernbesuch in ein besonders teures und auffälliges Kleid steckte, konnte ich zwar nachfühlen, empfand alles aber allmählich anstrengend. Robert nahm Besitz von mir, bestimmte mein Handeln. Seine Gegenleistung, einen sanften zärtlichen Mann zu haben, war mir nicht aufregend genug. Ihm genügte, dass ich in Socken und Pyjama durch die Wohnung lief, dass ich auf seinem Schoss saß und er mich füttern konnte. Er schenkte mir kleine Plüschtiere und liebte es, wenn ich abends auf dem Sofa in seinen Armen gekuschelt in den Fernseher schaute. Er interessierte sich für mein Studium, sah sich meine Arbeiten an und fragte Paragraphen ab. Robert war alles in einem: Vater, Lehrer, Versorger, Beschützer und Geliebter. Ich musste zugeben, dass der Geliebte alleine, ausgereicht hätte. Immer öfter kam mir Augusto in den Sinn.

Glücklich war ich bei meinen Besuchen bei Mama. Es ging ihr richtig gut. Erst jetzt kam mir zu Bewusstsein, dass sie aus dem Koma zu einem neuen Menschen erwacht war. Wer hätte dies für möglich gehalten? Totgeglaubt und auferstanden, meine Mutter.

Auf der Station war sie der Star, fast schon die Diva. Dass sie ihre Beine nicht bewegen konnte, war das einzige, was sie nach dem Koma zurück behalten hatte.

Mama hörte mir nach wie vor zu wenn ich erzählte, meine Liebesbeziehung interessierte sie brennend.

Bring ihn einmal mit, deinen Robert.

Erst jetzt fiel mir auf, dass Robert nie den Wunsch geäußert hatte, Mama zu sehen. Ich würde ihn darauf ansprechen.

Als nächstes hatte ich das Bedürfnis, nein hatte ich Sehnsucht nach meinem Dachzimmer. Es kam mir wie eine Ewigkeit vor, nicht mehr dort gewesen zu sein. Ich stolperte schon über die kleinen Liebesbriefe unter der Zimmertür. Es waren viele, der Text immer gleich. Wo bist du, wo warst du, was ist passiert??? Absender Schwester Pia, Frieda und seit Neuestem Schwester Salvator.

Ich lachte, warf die Zettel durchs Zimmer, warf mich aufs Bett und begrüßte mein Stück Himmel. Für einige Stunden war ich Zuhause.

Später schob ich für Schwester Pia eine kleine Notiz, keine Sorge, bin verliebt, unter die Gruppentür und lief eilig zu Robert.

In einem günstigen Moment machte ich ihm klar, dass wir beide bei Mama zu erscheinen hatten. Die restlichen Tage der Woche waren wir ein eingespieltes Team. Er, verliebt in ein junges Ding, ich verliebt in einen Mann mit grauen Schläfen. Jeder spielte seine Rolle in dem Bewusstsein, dass die gemeinsame Zeit begrenzt sein würde.

Am kommenden Sonntag spazierten wir wie ein alt vertrautes Ehepaar in Richtung Krankenhaus. Robert hatte sich in Schale geworfen, trug einen dunklen Anzug und eine Krawatte. Für mich hatte er ein beigefarbenes Kleid und eine dunkle Perlenkette ausgesucht. Beinahe wäre mir herausgerutscht: Mama liebt leuchtende Farben, bunten Schmuck und große Ohrringe.

Wer weiß, ob Robert mich dann noch begleitet hätte.

War es mir zur Angewohnheit geworden oder war es eine innere Angst, die mich jedes Mal schüchtern und zaghaft an die Zimmertüre Mamas klopfen ließ. Jedenfalls ein forsches Hineingehen war nicht möglich. Vorsichtig den Kopf hineinschieben, die Lage überschauen, entweder hineingehen oder wieder verschwinden. Nein, diese Wahl gab es nicht, ich musste hinein. Was mich oder uns heute erwartete, widersprach all meinen Erwartungen. Die komplette oder beinahe komplette Familie saß friedlich vereint um Mamas Bett. Der perfekte Einstand für Robert. Ich traute meinen Augen nicht, als ich Liesel und Apollonia Arm in Arm an Mamas Seite sah. Liesel winkte mich gleich an ihre freie Seite. Komm Marie, jetzt sind wir drei Mädel zusammen. Gerade habe ich meine neue Schwester Lona kennengelernt. Nehmt mich in die Mitte.

Ich beneidete sie für ihre naive unkomplizierte Art, spürte jedoch die tiefe Sehnsucht nach Familie. Dabei war sie es, die mit Vater, Mutter, sogar Großmutter aufgewachsen war. Ich war die Arme. Meine Beine zitterten, mir wurde schwarz vor Augen. Zum Glück hielten mich Roberts starke Arme. Er setzte mich auf die Bettkante, verbeugte sich leicht vor Mama, ganz Gentleman. Robert Kreis, Sie sind die Mama meiner bezaubernden, kleinen Freundin Marie. Die beiden anderen Damen sicher die Schwestern und der Herr dort, der Gemahl.

Sehr, übertrieben das Ganze, besonders ärgerte mich kleine Freundin Marie.

Lona errötete leicht, Benno stellte sich in den Schatten. Mama ließ sich auf ihn ein, kokettierte als wäre es ihr Hauptberuf, Konversation zu betreiben.

Das Geplänkel, wie schön Sie kennen zu lernen, ganz wie ich mir vorgestellt habe, bezauberndes Kind, ging mir total auf die Nerven. Ich war froh, als zwei Ärzte das Zimmer betraten und die Nichtangehörigen auf den Korridor baten.

Pech gehabt, als Robert sich als Anwalt auswies, durfte er bleiben. Er mischte kräftig mit bei den Fragen die Mamas Zukunft betrafen. Reichlich unverschämt, fand ich, noch gehörte er nicht zur Familie. Zu wem gehörte ich? Völlig irritiert überraschte mich Mama mit einer klaren und eindeutigen Aussage.

Ich bitte darum, für mich einen Aufenthalt in einem Heim zu besorgen. Gepflegt werden möchte ich von einer unabhängigen Person. Das nötige Geld dazu ist vorhanden. Das Leben in einem Heim ist mir durch die Besuche bei meinen Töchtern Marie und Lona vertraut. Was für sie das Beste war, werde ich auch ertragen können.

Alle schwiegen, so kannten wir Lisa nicht.

Schließlich war es Bennos krätzende Stimme, die protestierte und anbot, Lisa zu pflegen.

Dankend lehnte Lisa ab, Benno war genug mit seiner Mutter und Liesel beschäftigt. Wenn er das Bedürfnis habe, könne er jederzeit zu einem Besuch kommen.

Vernünftig Frau Braun, den gleichen Vorschlag hätte ich auch gemacht. Selbstverständlich bin ich bei der Suche nach einem geeigneten Platz behilflich.

Robert hatte wieder was zu sagen

Apollonia bot Mama mit spöttischem Lächeln an, sich mit ihr ein Zimmer zu teilen. Liesel wiederum machte der neuerrungenen Schwester das Angebot, mit in ihr in einem Haus zu wohnen.

Das arme Kind.

Mich drängte es an die frische Luft.

Mama nahm Roberts Angebot dankend an und beauftragte ihn tatsächlich, einen Heimplatz für sie zu suchen. Benno verstand sofort den ihm geltenden Blick mit der Aufforderung, sich um die Finanzen zu kümmern.

Im Hause Roberts begannen die Sätze die mein Leben bestimmten, mit den Worten, hör zu liebe Marie.

Hör zu, der Heimaufenthalt deiner Mutter ist geregelt.

Hör zu, konzentriere dich auf dein Studium.

Hör zu, heute besuchen wir den Kollegen So und So, kleide dich dementsprechend und benimm dich.

Hör zu, heute haben wir Zeit für uns, wir schauen fern, gehen rechtzeitig zu Bett.

Hör zu, in den nächsten zwei Tagen habe ich viel zu tun, halte, dich bitte zurück.

Hör zu, liebste, Marie, du verzauberst mich noch immer, komm in meine Arme.

Eingehüllt in einen wärmenden Kokon wusste ich jetzt schon, dass meine Befreiung zu einem wunderschönen Schmetterling nicht mehr lange auf sich warten ließ.

Ich war nur so bequem.

Die Stunden bei Mama wurden zu einem festen Ritual. Sie lag in ihrem neuen Domizil, in einem mit allen Schikanen ausgestatteten Krankenbett. Sie drückte die Knöpfe so lange bis die angenehmste Position gefunden war und nahm sich Zeit für mich. Hörte mir zu, gab mir, Ratschläge und freute sich, dass ich lange Ohrringe trug.

Marie, beende dein Verhältnis mit Robert, ich habe ihn mittlerweile kennengelernt und durchschaut. Ich kenne solche Typen. Erst spielen sie den edlen, großherzigen Wohltäter, dann haben sie dich in der Hand und erwarten Gehorsam und Dankbarkeit. Sie bestimmen über dein Leben, rauben deine Freiheit. Dieser Preis ist für uns zu hoch. Du bist aus dem gleichen Holz geschnitzt wie ich. Niemand sagt uns, was wir zu tun haben. Trenne dich von ihm und du wirst dich nur an angenehme Dinge erinnern. Liebe ist nichts anderes als ein Glücksgefühl. Das pulsieren des Blutes bringt deinen Körper zum beben, du bist dem Himmel nah, glaubst in den Sternen zu schweben. Liebe ist dazu da Freude und Glück zu verbreiten, Liebe ist Freude und Glück.

Mama erzähle mir von deiner Liebe, von meinem Vater.

Der Reihe nach, bevor ich ihn kennenlernte, gab es noch Walter.

6. Kapitel

Mamas zweite Liebe

An einer Bushaltestelle begegneten wir uns. Es regnete. Regenschirme waren mir noch mehr verhasst als der Gedanke, dass die Nässe mir Frisur, die Schminke und meine Kleider verderben konnte. Die Regentropfen zu spüren, die Regenwolken zu sehen, war mir wichtiger, als so ein schäbiges kleines rundes Dach über den Kopf zu halten, was mir zusätzlich noch den Arm lähmte. Walter empfand nicht so, er hatte Mitleid mit der zitternden durchnässten Person die vor ihm stand und bot ihr Schutz unter seinem Schirm an. Ich konnte nicht anders, als ihm meine Dankbarkeit zu zeigen. Sein Angebot, uns bei einer Tasse heißem Kakao aufzuwärmen, nahm ich mitleidig entgegen, obwohl mir da schon hätte auffallen müssen, dass er gar nicht mein Typ war. Nach meinem Abenteuer mit Felix war ich allerdings neugierig auf das was sich da anbahnte.

Dein Robert erinnert mich übrigens an Walter.

Walter war gütig, hatte ein großes Herz. Glücklich war er, als ich ihm erlaubte meine Locken zu berühren. Wie ein tapsiger Bär griffen seine Hände in mein Haar. Er war sehr interessiert an mir, wollte meine Familie kennenlernen. Dass ich eine kleine Tochter hatte, musste er erst schlucken. Schließlich war er davon überzeugt, dass ich armes naives Mädchen von einem Frauenheld verführt und auf ihn hereingefallen war. Es gefiel Walter gar nicht, dass Apollonia in einem Heim untergebracht war. Die Kleine ist doch kein Waisenkind. Es dauerte lange bis er begriff, dass meine Unerfahrenheit und Jugend nicht die geeignete Erziehung gewesen wäre.

Als wir sonntags, bei uns zu Hause am Kaffeetisch saßen, ich die glücklichen Augen meiner Eltern sah, wurde mir richtig warm ums Herz. Walter spielte doch tatsächlich mit dem Gedanken mich zu heiraten. Eine Familie wollte er gründen, Lona aus dem Heim holen, mit mir und dem Kind zusammenleben.

Meine Mutter faltete die Hände im Schoß und murmelte immer wieder, wie schön das wäre.

Die Vorstellung meines zukünftigen Lebens war diese Familienidylle nicht. Die Welt wollte ich sehen, solche Menschen kennenlernen, die sich in Bars aufhielten, die elegant, in edlen Kleidern mit teuren Schuhen auf den Hockern saßen, Zigarettenspitzen in der Hand hielten und Champagner tranken. Durch Felix hatte ich einen Einblick in diese Welt bekommen.

Walter bot mir etwas Solides, Ordentliches, wie meine Mutter betonte. An Lona sollte ich denken, ihr gegenüber trüge ich eine große Verantwortung. Tag für Tag lag sie mir damit in den Ohren, es kam soweit, dass sie mich überzeugte. Ich gewöhnte mich an die erste unbeholfene Zärtlichkeit Walters. An seine Hände die kräftig zulangen konnten, doch an meinem Körper fehl am Platze waren.

Sah ich ihn dann bei unseren sonntäglichen Besuchen mit Lona spielen, sah ich, wie das Kind ihm jubelnd entgegen lief, spürte ich Eifersucht. Walter hatte nur für mich da zu sein. Trotzig gestand ich ihm dieses Gefühl. Diese Aussage verwandelte ihn in einen anderen Mann. Er verlor jegliche Scheu, umarmte und liebkoste mich, sprach von einer Verunsicherung, die ihn bis jetzt zurückgehalten hätte. Eifersucht sei das beste Zeichen dafür, Liebe zu empfinden. Alles war so überwältigend, so feierlich, dass ich von meiner Liebe zu ihm überzeugt wurde. Walter war der richtige Ehemann. Seinen Antrag nahm ich an, im Sommer, Mitte August, sollte die Hochzeit sein.

Seine Familie, die im Osten Deutschlands lebte und in einem kleinen Dorf einen Bauernhof bewirtschaftete, würde ich kennenlernen. Walter war ein Bauer, von Kind an mit der Viehzucht vertraut, hatte er gelernt Schweine und Rinder zu schlachten. Mit

diesen Kenntnissen kam er nach Köln, in einen großen Metzgerei-
betrieb. Er übernahm schnell die Leitung. Die Fleisch und Wurst-
waren die er herstellte, waren über die Grenzen der Stadt hinaus
bekannt und beliebt. Walters Wunsch wäre es gewesen, ich würde
gemeinsam mit im Laden stehen, doch passte das zusammen?

Mama schüttelte sich leicht, zog die Weste über die leicht fröstelnden Schultern. Ich als Metzgersfrau, mit üppigen fleischi-
gen Armen die aus einem weißen Kittel ragten, dazu dicke rote
Bäckchen, nein das war nichts für mich.

Walter verstand und stellte zwei Verkäuferinnen ein.
Ich hatte ein gutes Leben. Walter, der sehr fromm war, jeden
Sonntag den Gottesdienst besuchte, freute sich ein Loch in den
Bauch, als ich schwanger wurde, obwohl wir nicht verheiratet
waren.
Auch wenn das Kind im Mai geboren wird, heiraten werden wir
im August, so wie es geplant war. Was die Leute zu sagen haben
interessiert mich nicht.
Ich fühlte mich fürchterlich. Mit diesem dicken Bauch, den
geschwollenen Beinen und der schlechten Laune, war es mir un-
begreiflich, dass mich Walter noch begehrte. Er arbeitet unermüd-
lich, er wisse jetzt wofür, pflegte er zu sagen.
Die Einrichtung des Kinderzimmers wurde zur Herausforde-
rung seines handwerklichen Talents. An Lona übte er seine erzie-
herischen Fähigkeiten, liebevoll und mit Erfolg. Er trällerte und
pfiff während des ganzen Tages und wurde nachts nicht müde
mich zu umarmen und zu lieben.

Georg kam im Mai zur Welt und eine schreckliche Zeit begann.
Ich taugte einfach nicht als Mutter und Hausfrau. Es machte mich
wahnsinnig zwei kleine Kinder zu versorgen. Ich hörte ständig ei-
nes schreien, der Kleine an meiner Brust verdarb meine Figur, ich

schaute in den Spiegel und erschrak vor dem Bild der unattraktiven Person, die ich geworden war. Aus der Traum, so wollte ich niemals sein und aussehen. Die Tränen liefen über mein Gesicht, ich schrie und hatte keine Lust, an der Seite Walters im Bett zu liegen. Er seufzte, saß wie ein Engel neben mir und tröstete mich. Für ihn war ich die Schönste und Beste. Meine Trauer belastete ihn sehr.

Wieder fand er die Lösung. Besorgte eine Frau, die sich um den Haushalt und die Kinder kümmerte.

Auch wenn mich ein schlechtes Gewissen plagte, liebte ich ihn dafür. Eine Zeitlang wenigstens. So lange, bis mich diese innere Unruhe befiel und ich das Gefühl hatte, ihm und mir etwas vorzutäuschen. Ich spürte, dass die Liebe uns verließ. Das Gefühl einer großen Leere und gleichzeitig die Sehnsucht nach etwas Neuem, Unbekannten plagte mich. Es wurde furchtbar. Die Situation machte aus mir eine ungerechte und unerträgliche Frau.

Dann passierte es, das Schicksal griff ein, nahm seinen Lauf. Walter verletzte sich beim Schlachten. Die Axt schnitt so tief in sein Fleisch, dass er verblutete und starb. Ein Schock, der sich tief in mein Herz bohrte und gleichzeitig zur Befreiung wurde.

Die Verwandten kamen früher als geplant und nahmen Georg mit in den Osten. Walters Bruder adoptierte ihn. Als Georg Gerk lebt er heute in Magdeburg.

Lona fand wieder Aufnahme bei den barmherzigen Schwestern und ich war frei. Das kleine Vermögen, das Walter mir hinterließ, hütete ich sorgfältig wie einen Schatz.

Zum ersten Mal hatte ich meine Mutter so viel reden hören. Jetzt war sie müde und ließ mich mit dem Gesagten allein.

Wie viel Gesichter hatte die Liebe? Worin unterschieden sie sich? Was hatte Robert mit Walter gemeinsam? Musste ich meine Schwestern und meinen Bruder lieben? Mir reichten schon Mama und mich selbst. Jetzt hatte ich zu viel am Hals.

Zum Glück war da Robert, der mir sagen würde, was gut ist. Bevor ich zu ihm ging hatte ich Lust auf einen Spaziergang. Dass ich vor dem dunklen Haus von Benno und Liesel landete, war keine Absicht, oder vielleicht doch? Zwei hell erleuchtete Fenster gaben dem Haus etwas Heimeliges, Freundliches.

Ich konnte mir Liesel entspannt auf dem Sofa sitzend vorstellen, inmitten kleiner Puppen und Kuscheltierchen. Benno mit umgebundener Schürze , in der Küche. Im Zimmer der Großmutter brannte kein Licht. Wozu auch.

Mein schlechtes Gewissen gegenüber Liesel plagte mich, ihr trauriges Gesicht, wenn ich sie wieder einmal enttäuscht hatte. Immer wieder strapazierte ich ihre Geduld mit Versprechungen, die ich nicht einhielt. Diesmal nahm ich mir ehrlich vor, mit ihr zusammen unsere Schwester Lona zu besuchen. Gute Nacht, kleine Schwester!

Ich lief weiter durch die Stadt in Richtung Waisenhaus, mit dem Wunsch, Schwester Pia und Frieda zu sehen. Nichts hielt mich, als ich das große dunkle Gebäude mit den vielen, vielen erleuchteten Fenstern sah. Was hinter einem jeden steckte, war mir bekannt und vertraut. Ich rannte drauf los. Frieda begegnete mir im Aufzug. Sie erhielt eine Umarmung und einen Kuss. Schwester Pia störte ich lauthals beim Abendgebet, was sie mir mit hochgezogenen Augenbrauen sehr übel nahm. So schnell ich gekommen war, verschwand ich in meinem Zimmer. Meine Rückzughöhle. Hier war der Ort, wo ich in Ruhe nachdenken und Entscheidungen treffen konnte, ungestört.

Bis zum nächsten Mittag hatte ich geschlafen, fühlte mich wunderbar, schaute in den wolkenlosen Himmel, hatte weder ein schlechtes Gewissen, noch den Drang etwas zu tun. In der Dose auf dem Regal fand ich noch einige Kekse. Der Sekt in einer geöffneten Flasche war ungenießbar. Ich brühte mir einen Kaffee auf, legte eine Kassette ein und tanzte ausgelassen. Ich war ich.

Behalte die Liebe immer in den schönsten Erinnerungen, Mama hatte Recht. Die Liebe zu Robert begann kompliziert zu werden. Meine Freiheit, »Mich« liebte ich mehr.

Es fiel mir nicht schwer ihn zu verlassen. Schöne Erinnerungen nahm ich mit. Sein trauriges, enttäuschtes oder war es wütendes Gesicht vergaß ich schnell.

Unwohl fühlte ich mich dagegen, als ich den Hörer in der Hand hielt um Lona anzurufen. Unter normalen Umständen hatten wir noch nicht miteinander gesprochen, so von Heimkind zu Heimkind war es einfacher für mich. Lona hatte eine Bleibe bei einer früheren Freundin gefunden, mitten im Zentrum der Stadt.

Fidel am Telefon. Hier auch. Kurzes Schweigen.

Ah, Mamas Liebling, was willst du? Das hatte ich nicht erwartet, Tränen kamen mir in die Augen, meine Stimme wollte nicht, ich musste mich räuspern. Stell dich nicht so an, war ein Witz. Ich habe schon auf den Anruf gewartet. Wann treffen wir uns mit der süßen Kleinen? Am besten machen wir einen Stadtbummel und gehen anschließend etwas trinken. Kakao natürlich.

Zum Glück übernahm Lona das Reden, organisierte alles und überhörte die Schwere, die sich über mich hermachte.

Gedankenverloren irrte ich noch ein wenig durch die Stadt. Der Berufsverkehr hatte begonnen, die Haltestellen waren voll gedrängt. Grund für mich in eine der Nebenstraßen zu flüchten. Ich hatte mir die Ruhe dort und das Alleinsein gewünscht, kam mir aber verloren vor. Ich stolperte über die unregelmäßigen Pflastersteine, stieß versehentlich gegen einen Mann, dessen Blick mich traf und durch und durch berührte. Ihm schien es ähnlich zu gehen. Er drehte sich um, wir schauten uns an, als würden wir uns schon ewig kennen. Dann verschwand er in einer der verwinkelten Gassen

Frieda ging es mir gleich durch den Kopf. Frieda hatte Recht die wahre Liebe wird dich treffen wie ein Blitz und du wirst schweben zwischen Himmel und Erde, mit allen Fasern deines Körpers spüren was Liebe ist.

Genauso hatte ich es erlebt, für einige Sekunden hatte es mich erwischt. Nie würde ich diese Augen vergessen, schon jetzt überkam mich die Sehnsucht danach. Aus und vorbei, die Dunkelheit hatte mich wieder, hatte mir einen Traum geschenkt, der mich glücklich gemacht hätte.

Schwester Salvator tat Dienst an der Pforte. Ich hatte den Eindruck, dass sie sich verbotenerweise in Robert verliebt hatte. Jedes Mal fragte sie nach ihm und bestellte Grüße. Wenn der nette Mann kommt, soll ich ihn gleich nach oben führen, oder erst ein Glas Sekt mit ihm trinken? Er ist ja so ein lieber Mensch, so vornehm und so ehrlich. Wenn ich mich nicht schon anders entschieden hätte, wer weiß, wer weiß?

Er ist wieder zu haben, für mich war er nur eine kleine Episode. Versuchen sie ihr Glück, verraten sie aber niemals, wo ich zu finden sei.

Ich kniff in ihr erstarrtes Gesicht und verschwand in den Aufzug.

Robert schien mich vergessen zu haben, ich hörte nichts mehr von ihm.

7. Kapitel

Eifersucht und der Pfeil Amors

Eines Morgens stand Apollonia vor meinem Heim, hakte sich bei mir unter und erinnerte an das Versprechen, dass wir Liesel gegeben hatten. Das Kind, wartet auf dich Marie. Im Gegensatz zu dir habe ich mich um es gekümmert. Besonders Benno war froh darüber. Ob du es glaubst oder nicht, ich habe mich bei den beiden eingenistet. Jetzt, da Mama nicht mehr da ist, haben sie Platz genug. Es ist ja mein gutes Recht, im Haus meiner Mutter zu leben. Der Schminktisch im Erker ist eine Wucht. Wenn ich auch nicht so unbedingt auf solche Dinge stehe, fühle ich mich, wenn ich davor sitze, ganz als Frau. Ich schaue in den Spiegel, pudere mein Näschen, tauche ein in betörende Düfte, achte natürlich darauf, dass der Alkoholgehalt mich nicht in Versuchung führt.

Mama ist noch da.

Es war nicht zu fassen, was Lona sich da erlaubte. Was hatte sie auf Mamas Platz zu suchen? Der Gedanke, sie an Mamas Stelle vor dem Frisiertisch sitzen sehen, trieb solch eine Wut in mir hoch, dass ich ihr kräftig auf den Fuß trat.

Ein kurzes »AU« und Lona redete und redete, weiter und weiter. Ihre Stimme klang wie schrilles Blech. Die Worte die an mein Ohr drangen klangen, wie komische Alte- gestörter Teenager und buckliger Zwerg.

Niemand durfte das Bild, das ich von meiner Mutter hatte, zerstören. Lona in ihrer lauten, manchmal ordinären Art überdeckte dieses Bild mit einer Schicht, die mir nicht gefiel, gegen die ich mich wehren musste.

Halte dich fern von Mamas Schminktisch, sie hat ihn mir vererbt, ich weiß was sich in jeder Dose befindet und wie man die Sachen benutzt. Ich bin ihr am ähnlichsten, deshalb hat sie mir alles vermacht. Die Urkunde darüber habe ich im Waisenhaus liegen.

Mit irgendwas musste ich bluffen.

Irritiert sah mich Lona an, längst hatte sie die Puderdosen vergessen, lachte laut.

Mach mit dem Quatsch was du willst, mir ist er egal. Hauptsache ein Dach über dem Kopf, ein warmes Bett und ein wenig Kleingeld in der Tasche. Benno sorgt dafür, wenn ich lieb zu ihm bin.

Mit einem Mal hatte sie es eilig, zeigte mit fünf Fingern die Uhrzeit, wann wir uns mit Liesel am Neumarkt treffen würden.

Sie verschwand, meine Lust auf den Tag war dahin. Sehnsucht nach Mama, doch noch mehr auf mein Zimmer, auf Alleinsein und Gedankennachhängen hatte ich.

Langsamer als langsam trat ich den Rückzug an. Im Heim, an der Pforte, erkannte Schwester Salvator gleich meinen Zustand, legte einen Finger auf den Mund und ließ mich schweigend die Treppen hochsteigen. Die Vertrautheit im Haus, die breiten Flure, die gelbgekachelten Wände, der gebohnerte Boden und der Geruch von Großküche und Reinigungsmitteln, legten sich wie eine beschützende Decke über mich. Eine Decke, die mich wärmte und gleichzeitig erdrückte. Luft und Licht fehlte. Ich stellte mich auf die Zehen um einen Blick aus den hoch gelegten Fenstern zu ergattern.

Den blauen Himmel zu sehen, öffnete mein Herz, entriss mir einen langgezogenen Schrei.

So frei ich mich fühlte, so ertappt kam ich mir vor, am Ende des Korridors eine Gestalt zu sehen, die mir nicht unbekannt, schon einmal mein Herz berührt und meinen Atem zum stocken gebracht hatte.

Der Typ aus der Stadt, der, den ich in einer dunklen Seitenstraße angerempelt hatte. Der gleiche Blick, das gleiche Gefühl, diesmal ein kleines Lächeln und …dann Frieda. Frieda nicht in Gedanken, Frieda mit freundlicher Stimme, Hi Marie, schön dich zu sehen.

Eine Umarmung und meine Augen hilflos suchend den Flur entlang.

Frieda wer war der Typ da vorne, hab ihn noch nie gesehen. Sieht gut aus.

Kenn ich nicht, im Moment gibt's viele neue Gesichter im Haus, Lehrer und Praktikanten. Morgen beginnt die Schule, vorher ist die Einführung in der Aula, da kannst du ihn wiedersehen. Welch herrliche Aussichten!

Bis morgen früh hatte ich mich also in Geduld zu üben. Das fiel mir nicht schwer, das konnte ich.

Das liebte und hasste ich zugleich. Ich liebte die Aufregung, mit jeder vergangenen Minute meinem Traum ein Stück näher gekommen zu sein. Ich hasste die Wartezeit, die eine Minute zur Ewigkeit werden ließ.

8. Kapitel

Drei Schwestern

Liesel hatte sich fein gemacht, wahrscheinlich mit der Unterstützung Lonas, an Mamas Tisch, mit Mamas Bürste.

Die Locken, leicht zusammengehalten über einer Schulter, gaben den Blick frei auf ein schönes Mädchenprofil. Geschwungene, schwarze Wimpern, weiche, volle Lippen und die zierliche Stupsnase entsprachen genau dem Schönheitsideal, das mich aus jedem Werbeplakat anblickte.

Wie ein aufgeregtes Kind lief sie zwischen uns, ließ unsere Hände nicht los, was ziemlich komisch aussah in ihrem Alter.

Da lief ich durch die Stadt, mit zwei Schwestern, von deren Existenz ich vor einiger Zeit noch nichts wusste. Es gab auch noch einen Bruder, der, ich weiß nicht wo, auf seinen Auftritt wartete. Später, lieber Bruder!

Mit den Schwestern saß ich in einem Cafe, in dem sie wie zwei Papageien schnäbelten. Sie redeten unaufhörlich, verdrehten die Köpfe und bestaunten sich. Trafen sich zufällig unsere Blicke erzwang ich mir ein Lächeln, bestätigte damit das Gespräch der beiden und träumte von anderen Augen.

Ein energischer Ton und kräftiges Boxen in meine Seite holten mich zurück in die Gegenwart. Liesel, ernst, mit zornigen Falten auf der Stirn forderte mich auf, ein Veto einzulegen.

Lona darf keinen Glühwein bestellen, von jedem, auch noch so kleinen Schluck Alkohol kann sie wieder rückfällig werden. Verbiete ihr das, ich will keine betrunkene Schwester haben.

Auch ohne Alkohol wirkten Lonas Augen glasig. Tränenverhangen nahm sie Liesel in ihrer Verzweiflung wahr, ich trinke keinen Alkohol, versprochen. Für dich allein lohnt es sich schon, damit Schluss zu machen. Sie schämte sich fürchterlich.

Liesels Gesichtsausdruck blieb ernst, als sie selbstbewusst mit einem unauffälligen Fingerschnipsen die Kellnerin herbeirief und eine Flasche Wasser bestellte.

Leicht nervös, wechselte Lona das Thema und schlug einen Kinobesuch vor. Die erlösende Abwechslung für mich. Im Kino zu sitzen war eine abendfüllende Unterhaltung, ein schneller Zeitvertreib. Ohne Anstrengung konnte ich die Stunden sprachlos über mich ergehen lassen.

Liesel, glückselig zwischen uns, verfolgte mit glänzenden Augen hingebungsvoll die küssenden Lippen von Audrey Hepburn, in »Ein Herz und eine Krone.«

9. Kapitel

Josef

Das neue Schuljahr begann, der genaue Ablauf der Einführungsfeier ist noch in meiner Erinnerung. Warum ich in diesem Jahr dabei war, würde ich Schwester Pia noch glaubwürdig verklickern müssen.

Was hatte dieser Fremde in mir ausgelöst? Was berührte mich so stark, dass ich dieser Begegnung so entgegenfieberte? Was erwartete ich?

Seit den frühen Morgenstunden bewegte ich mich zwischen Kleiderschrank und Spiegel. Wie sollte ich mich kleiden? Damenhaft elegant, oder leger mit Jeans und Pulli. Die Bluse mit dem tiefen Ausschnitt war auch nicht schlecht, den kurzen Rock oder ….

Sollte ich meine Haare streng zusammenbinden oder …

Verzweifelt und albern fühlte ich mich. Der gut gemeinte Rat meiner großen Schwester fiel mir ein. Vor jeder Entscheidung atme mit geschlossenen Augen tief durch und zähle dabei bis sieben.

Gesagt, getan. Ich konnte mich entscheiden. In weißer Bluse, braunem Rock, ungeschminkt und ungebändigten Locken, schritt ich zu den freien Plätzen in der ersten Reihe. Die erschreckten Augen unter hochgezogenen Brauen von Schwester Pia ignorierte ich und schaute erwartungsvoll auf die Bühne.

Hier, genau gegenüber, eine Stuhlreihe für die Lehrer, das Rednerpult für Mutter Oberin und eine große freie Fläche für die herzerfrischenden Willkommensdarbietungen der jüngeren Schüler.

Die Aula füllte sich. Die Schwestern gluckten um ihre Gruppen herum, bis jedes Kind seinen Platz gefunden hatte. Mit dem Zeigefinger auf dem Mund, gaben sie zischende Geräusche als Zeichen für die jetzt gewünschte Ruhe. Ein kleines Lächeln auf den Lippen, in dem sonst so starren Gesicht, veränderte Mutter Oberin sich zu einer sympathischen, liebenswürdigen Person, die in kleinen Schritten zum Rednerpult trippelte. Mit einer großzügigen, weit schwingenden Armbewegung, bat sie die Lehrer auf den bereitgestellten Stühlen Platz zu nehmen.

Die Damen und Herren setzten sich und er saß mir gegenüber. Er nahm mich wahr, ich spürte unsere Blicke ineinander fließen. Wir wurden nicht satt, uns anzuschauen, nahmen nichts anderes wahr als uns.

Die hellen Stimmen des Kinderchores, die monotonen Stimmen der Redner, das klatschende Geräusch des Beifalls, umgaben uns wie eine Hülle, die uns schützte und weiter keine Bedeutung hatte.

Die Gästezimmer der Lehrer befanden sich im Nebengebäude. Den Weg dorthin kannte ich. So gut es ging schlängelte ich mich über den mit Schülern bevölkerten Flur.

Im Nebengebäude empfing mich eine wohltuende Ruhe, eine erwartungsgeladene Stille, mein Herz klopfte wild.

Ich wusste, dass er hier sein würde, die halb geöffnete Tür zu seinem Zimmer, erstaunte mich nicht. Atemlos standen wir voreinander, die Arme hielt er leicht geöffnet, bereit mich zu umfassen. Ich näherte mich, hätte ihn fast berührt. Ich spürte seinen Atem, überließ mich seinem Geruch.

Mit Spannung sahen wir uns an.

Ich kenne nicht einmal deinen Namen, sagte er mit einer Zärtlichkeit, die mir weh tat.

Sein Lachen auf meine Antwort ich heiße Marie, konnte nur bedeuten, dass er Josef hieß.

Das Verlangen nach einer Umarmung, nach einem Kuss, war

so heftig und noch unmöglich. Es war zu früh, unser Verlangen musste die Möglichkeit haben, sich zu steigern.

Wir standen gerade am Anfang, wie lange konnten wir geduldig sein?

Josef wurde unruhig, die Zeit drängte, seine Schüler warteten.

Heute Nachmittag um 5 Uhr an der Pforte.

Ich werde da sein.

Es gab sie also, die Liebe auf den ersten Blick. Ich hatte sie erfahren und würde alles daran setzen, sie zu bewahren.

Der Tag zog sich in die Länge, erst als ich Josef auf mich warten sah, bekam er einen Sinn.

Josef, mir ganz ergeben. Ich kenne die Stadt nicht, zeige mir was außer dir noch sehenswert ist.

Meine verrückte Idee den Rummelplatz zu besuchen, fand er herrlich. Es war Osterzeit und die Osterkirmes in der Stadt passte zu meiner Stimmung.

Josef und Marie unterwegs, wir schlenderten zwischen Geisterbahnen, Schießbuden und Luftschaukeln, mit dem Geruch von Lebkuchen und Zuckerwatte in der Nase.

In den Ohren Drehorgelmusik, die Geräusche der Autoscooter und die Stimmen der Schausteller. Hereinspaziert, hereinspaziert ins Gruselkabinett oder in die Liebeslaube.

Für nichts anderes bis auf uns hatten wir Zeit. Zeit für das Heute. Für unseren ersten Tag. Ausfüllen mit uns wollten wir ihn. Unbeschwert uns vergnügen, die Gegenwart genießen. Wir liebten Dosenwerfen, freuten uns über jeden Misserfolg. Nackte Frauenfiguren aus Porzellan wurden mit Plastikreifen eingekreist. Das Kettenkarussel mieden wir, viel mehr Spaß brachten uns die Zusammenstöße mit den Fahrern der Autoscooter. Wir liebten beide, Schokoladen- und Zitroneneis, lachten über unsere bekleckerten Gesichter. Die Achterbahn hoben wir bis zum Schluss auf, schickten vorher Blicke in die

Höhe und ahnten wie es sein würde, wenn wir gleich mit lautem Geschrei in die Tiefe stürzten.

Den Mut zu diesem Abenteuer tranken wir aus einer Dose Bier, die wir uns
in der Warteschlange besorgt hatten.

Angeschnallt, Stange vor den Bauch gepresst, fest aneinandergedrückte Körper. Die Fahrt begann langsam auf gerader Strecke und schneller werdend, die Form einer 8 annehmend. Berg-und Talfahrt in rasender Geschwindigkeit. Auf dem Höhepunkt wagte ich es, klammerte mich mit großer Angst an Josef, umfasste sein Knie und schrie auf, bei dem Sturz in die Tiefe.

Wieder auf sicherem Boden, freuten wir uns wie kleine Kinder, dass unser Nachhauseweg der gleiche war.

Am Himmel erkannten wir die Gestirne und ließen uns von der Venus begleiten.

So lange, bis wir durch ungewohnte Bewegungen vor dem Heim abgelenkt wurden. Einige Nonnen liefen auf der Straße hin und her, Mutter Oberin stand Ausschau haltend vor dem Eingangstor. Sehr ungewöhnlich das Ganze.

Sollten wir getrennt weitergehen? Große Lust auf neugierige Fragen, hatten wir nicht.

Zu spät, Mutter Oberin entdeckte uns. Ich nahm ihr den Wind aus den Segeln. Mutter Oberin, ich habe dem neuen Lehrer die Stadt gezeigt, er kannte Köln …, sie unterbrach mich, wandte sich an Josef.

Wir haben Sie überall gesucht, kommen Sie, wir haben leider schlechte Nachrichten Mit einem Blick gab sie mir zu verstehen, dass ich zu verschwinden hätte.

Ich ging ins Haus und war mir sicher, dass die Oberin, Josef ins Büro bitten würde. Als die beiden dort waren, schlich ich vor die Tür und versuchte heraus zu lauschen, was geschehen war.

Josefs Stimme klang laut und aufgeregt, ich hörte Worte wie: Wann kann ich weg, wo ist er, sagen sie mir die Wahrheit.

Es genügte, Josef musste fort, diesen Satz hatte ich verstanden. Im Dunkeln ging ich ins Nebengebäude, hockte mich vor seine Tür. Ich zitterte. War mein gerade begonnenes Glück schon zu Ende?

Was war so wichtig in Josefs Leben?

Seine Umrisse sah ich am Anfang des Flures, auch er hatte das Licht nicht angeknipst, wäre beinahe über mich gestolpert. Er zog mich ins Zimmer, ich erschrak über die Tränen in seinem Gesicht.

Wir warteten, dass wir ruhig wurden. Dann umfasste Josef meine Schultern, schaute ernst in meine Augen und sagte mit fester Stimme, dass er zu seinem Vater zurück nach München fahren müsse.

Mein Vater hat einen Schlaganfall erlitten, er liegt auf der Intensivstation, es gibt nur noch ein wenig Hoffnung. Ich bin der einzige für ihn, ich muss sofort zu ihm.

Dich vergesse ich nie, du wirst von mir hören, das verspreche ich. Bitte verstehe mich.

So tapfer wie er, war ich nicht, unter Tränen fragte ich, was ich für ihn tun könne. Vergiss mich nicht, war die Antwort.

Aus der Traum, ein Traum ohne Bedeutung, wozu um Gottes Willen ist mir dieser Mann begegnet? Warum dieser ganze Aufwand, dieses Durcheinanderwirbeln der Gefühle, alles nur für einen Tag? Es sah so nach einem Anfang aus, einem wunderbaren Anfang für eine fantastische Zukunft. Ein einziger Tag hatte Josef zu einem Teil von mir gemacht, den ich nicht mehr missen wollte. Er wurde mir gegeben und sofort wieder genommen. Zu einer Trennung hatte ich nichts beigetragen und musste deren Schmerz jetzt über mich ergehen lassen. Es tat wirklich weh ihn gehen zu lassen.

Die nächsten Tage durchlief ich wie eine Marionette. Ich

funktionierte, bewegte Arme und Beine wie von Geisterhand gelenkt und wartete darauf, dass irgendetwas geschah.

Meine Schritte führten, in der Hoffnung, dort Trost zu finden, zu Mama. In ihrem neuen Zuhause, in einem großzügigen Zimmer, hatte sie das Bett in die Mitte stellen lassen. Völlig frei stand es im Raum. Je nach Lust, ließ sich Mama so hinein legen, dass sie entweder die Zimmertüre oder das breite Fenster vor Augen hatte. Schaute sie aus dem Fenster, wurde sie von ihrem Besuch überrascht, der sich heranschlich, sie um die Schultern fasste, ihr die Augen zuhielt und Kuckuck, wer bin ich rief.

Albern, doch wir machten es alle, ausnahmslos. Mama freute sich ein Loch in den Bauch und erriet, oftmals in voller Absicht, uns mit falschem Namen.

Saß sie im Bett, den Blick auf die Türe gerichtet, war dieser meist streng und vorwurfsvoll. Wo bleibt ihr, ich erwarte von meiner Familie, dass sie mich regelmäßig besucht und sich um mich kümmert. Das ist mein Recht und eure Pflicht.

So schlecht gelaunt, war es Benno, der sie am besten ertragen konnte.

Mit krächzender Stimme redete er, als wären es Engelszungen, auf sie ein. Er überzeugte sie davon, wie gut sie es habe. Wie wunderschön das Zimmer, mit ihr als die Sonne sei. Wie gerne er sie, so strahlend, betrachten und bestaunen würde. Er brachte lauter süßes Zeug, fütterte sie damit und überhörte ihre Klagen über einen hässlichen Ehemann und die Pfunde, die sie in dem neuen Zuhause zugenommen hatte. Benno wurde zu ihrem Mülleimer, in den sie alles Unangenehme hineinspuckte.

Stellte Lona sie in ihrer lauten und burschikosen Art deswegen zur Rede, verbat sich Mama das und erinnerte in barschem Ton daran, was sie alles für ihre Kinder getan hätte. Lona wollte es nicht hören, wurde zornig. Benno war es, der sie sanft zurückhielt und Mamas Verhalten zu verteidigen versuchte. Er strahlte, wenn Mama ihm mit einer schwachen Handbewegung am Rande des Bettes einen Platz anbot.

Launisch war sie, meine Mutter, es war reine Glückssache, wie sie am Tag meines Besuches drauf sein würde.

Heute war Lisas Gesicht der Türe zugewandt. Sie hatte mich erwartet, kritisierte gleich das Fehlen meiner Ohrringe und nörgelte herum. Für mich kein guter Ausgangspunkt, keine Chance über meine Bedürfnisse zu sprechen. Beschwerde über Beschwerde kam aus ihrem Mund, sie beklagte sich über die freche Lona, die zickige Liesel, den trotteligen Benno, das versalzene Essen und die schlecht gelaunten Schwestern. Eine Zeitlang sagte ich gar nichts, tat so als hörte ich interessiert zu. Völlig abrupt, in aggressiven Ton dann meine Bitte, mir von Carlos zu erzählen. Irritiert, aus dem Konzept gebracht, nach Luft schnappend, kam erst einmal gar nichts. Lisa blieb stumm. Ich hatte das Gefühl, dass sie in den Erinnerungen herumstöberte, sortierte, abwog, in eine Welt entschwand, zu der ich keinen Zutritt hatte.

Mitnehmen sollte sie mich. Ich wollte teilhaben an den Erinnerungen, die sie an meinen Vater hatte und sie so in Verzückung gerieten ließen.

Mamas Gesicht todernst, ihre Stirn, ungewohnt mit vielen Falten bedeckt und dann die entscheidende, nicht zu widersprechende Antwort. Er ist noch nicht an der Reihe, die Sache mit Carlos hat noch Zeit, später Marie, später.

Es half kein schmeichelndes bitte, bitte meine schönste süße Mami, erzähle mir von der Liebe zu dem schönen, stolzen Spanier.

Lisa hatte das Thema abgehakt und vergessen.

Ich war nicht vergessen, ich hielt diesen schönen, unschuldigen blütenweißen Briefumschlag mit den hübschen, akkuraten und doch hin und wieder aus den Reihen tanzenden Buchstaben in den Händen.

Prall auf der Vorderseite –**MARIE**-

Darunter Fidel und meine Adresse. Auf dem kleinen Dreieck der Rückseite:

JOSEF

Ich drückte Josef an mein Herz, warf ihn gezielt auf einen Stuhl und setzte mich fünf Minuten darauf. Ich legte mein Gesicht mit geschlossenen Augen auf den Umschlag, gab ihm einen langen Kuss. Mein Zimmer räumte ich schön ordentlich auf, machte mir einen gemütlichen Platz auf dem Sofa, legte zwei Pralinen auf den Tisch und machte die kleine Stehlampe an. Ich goss mir ein Glas Rotwein ein, kuschelte mich in die Kissen und hörte die Musik von Peter Saarstedt: But where do you go to my lovely.

Meine liebste Marie

Ich sehe dein Gesicht und fühle dich ganz nahe bei mir.

Nur wir beide und die Sehnsucht in uns.

Es ist Spätnachmittag, es dämmert, ein wundervolles Licht und die Erinnerung an deinen Schrei und die Berührung beim Hinunterstürzen der

Achterbahn in die Tiefe.

Jetzt sehe ich dich lächeln.

Uns blieb nicht viel Zeit miteinander, wir haben sie genutzt, unvergesslich und wunderbar.

In München traf ich meinen Vater in einem sehr geschwächten Zustand. Er brauchte mich dringend und ich kümmerte mich um ihn. Vieles wurde besser, doch leider kam es auch so, dass wir nicht mehr in unserer Wohnung bleiben konnten. Wir leben jetzt zusammen in einem Komplex, wo Pflegerinnen bei der Betreuung behilflich sind. Eine Art Vater-und Sohn Heim. Es funktioniert gut. Meinen Beruf werde ich allerdings wieder in München aufnehmen. Vorläufig jedenfalls.

Die Fahrt München –Köln muss jetzt Köln- München heißen.
Es wäre mein größter Wunsch, wenn du sie unternehmen
würdest.
Bitte Marie, komm wir müssen uns wiedersehen!
Jetzt runzelst du die Stirn. Was denkst du?
Wenn du genug zuhause warst, dann komm zu mir, ich
werde dich mit offenen Armen empfangen. Was ich von dir
kenne ist so wenig, doch die Menschen die ich kenne, kommen
mir fremder vor, als du es bist. Du bist mir so vertraut, deshalb
meine Sehnsucht ...

Ich hielt den ersten Liebesbrief meines Lebens in den Händen
und war in meinen Gedanken schon unterwegs zu Josef. Das
Fahrgeld würde ich von Mama borgen, sie hätte Verständnis,
dass ich so schnell wie möglich zum Liebsten eilen wollte.
   Eine Ansichtskarte von Köln, wie üblich, mit Rhein, Dom
und kleinen weißen Schiffchen, schickte ich als Antwort. Nur
die Ankunftszeit schrieb ich, alles andere hatte Zeit bis wir uns
gegenüberstehen würden.
   Meine Sorge war nur, wie ich das starke Klopfen meines Herzens, über die stundenlange Eisenbahnfahrt beruhigen sollte.
   Köln-München war meine erste lange Reise. Ich war aufgeregt wie ein kleines Kind, drückte meine Nase an der Scheibe
platt und schaffte es nicht, als der Zug in den Hauptbahnhof
München einfuhr, geduldig auf meinem Platz sitzen zu bleiben. Mit einem energischen Ruck öffnete ich das Fenster von
oben bis zur Mitte, stellte mich seitlich auf die Sitze und lehnte
meinen Kopf soweit hinaus, dass mir schwindlig wurde und
die Mitreisenden im Abteil böse mit mir schimpften.
   Erst das Geschnaufe und zischende Getöse der bremsenden
Eisenbahn bei der Einfahrt in den Münchener Hauptbahnhof, beruhigten meine Nerven und brachten mich langsam
zur Ruhe.

Aus der geöffneten Tür ließ ich mich gleich in die Arme Josefs fallen. Er hielt mich ganz fest, drückte sein Gesicht in meine Haare und atmete tief und schwer. Mein Kopf lag an seiner Brust, nie zuvor kam ich mir so angenommen und angekommen, vor.

Als wir uns wieder ansehen konnten, nahm Josef meine Hand und führte mich in ein Zimmer, dass er in einer kleinen Pension in der Nähe des Bahnhofs besorgt hatte. Ein freundliches Haus, mit einem unfreundlichen Schild im Treppenhaus. Gut poliert, glänzte es goldfarben. In akkuraten eingestanzten, strengen schwarzen Buchstaben war zu lesen:

BESUCHE jeglicher Art auf den Zimmern verboten!

Herren haben draußen zu warten!

Die Schilder an den Türen der Metzgereien in Köln, kamen mir in den Sinn:

Eintritt für Hunde verboten

Ich stupste Josef in die Seite und wies mit dem Finger auf das Geschriebene.

Er zuckte mit den Schultern, sein verächtlich, spöttischer Blick verriet, was er davon hielt.

Im Zimmer stellte ich kurz meine Sachen ab, nahm schnell die bayrisch gemütliche Einrichtung wahr. Hübsch, sauber, in blauweißen Farben die Gardinen, Deckchen und Bezüge des schmalen Einzelbettes.

Josef drängte, ich sollte München kennenlernen. Den ersten Hunger nach der langen Zugfahrt stillte ich mit Weißwürsten, Laugenbrezeln und einem großen Weizenbier vom Markt für Viktualien im Zentrum der Stadt.

Zum Glück trug ich bequeme Schuhe, sonst hätten meine Füße den Marathon durch die Weltstadt mit Herz nicht durchgestanden.

Wir liefen vom Marienplatz zur Frauenkirche, bestaunten Schloss Nymphenburg, die Residenz und bayrische Staatsoper.

Wir tranken Bier im Hofbräuhaus und legten eine kurze Pause am Stachus ein. Die Pinakotheken oder das Deutsche Museum hoben wir für den nächsten Tag auf, allerdings nur bei schlechtem Wetter. Würde die Sonne scheinen, liebäugelte Josef mit einer Fahrt zum Ammersee mit Picknick und Bootsfahrt.

Mir war nicht mehr klar, ob ich als die sehnsüchtig erwartete Liebe, oder als Touristin zu Josef gekommen war. Die Aussicht auf die Nacht, die ich mir, Gott weiß wie oft, immer wieder in meinen Träumen ausgemalt hatte, schien sich, nach dem Blick auf das Bett in der Pension und dem Schild im Treppenhaus nicht zu erfüllen. Von dem Vater und der neuen Wohnung redete Josef kein Wort. Alles war so anders, und ich musste mir eingestehen und zugeben, dass ich mich trotzdem wunderbar fühlte. Es war ein herrlicher Tag. Es wäre mir ein Leichtes gewesen an der Hand Josefs, mit dem Blick durch seine Augen, um die ganze Welt zu laufen. Alles lebte! Die Stadt in ihrer Freundlichkeit. Die Geräusche der Fahrzeuge auf der Straße, die uns lauthals, lärmend und hupend begrüßten. Besser konnte es nicht sein.

Kräftig rote Geranien und andersfarbige Blüten aus allen Winkeln, sättigten unser Bedürfnis, nach glücklich sein, ebenso wie der frische duftende Pflaumenkuchen und das Bier mit der prächtigen Schaumkrone.

Was hatten wir noch nicht gesehen? Welches Bauwerk vernachlässigt?

Kirchen des italienischen Spätbarocks, Putten und Engel an Brunnen, genauso verspielt wie wir.

Nach Hause mussten wir, verschwitzt und erschöpft, brauchte wir einen Ort, an den wir uns zurückziehen konnten. Einen Moment ausruhen, für den weiteren Verlauf des Abends in Schwabing. Wie zwei ungehorsame Kinder schlichen wir im Gasthof, das Verbotsschild ignorierend, auf Zehenspitzen die Treppe hinauf. Uns kurz vergewissernd, nicht von neugierigen

Augen beobachtet zu werden, gingen wir schnell ins bavarisch blau-weiße Zimmer. Es lag im Schatten der Abendsonne und empfing unsere erhitzten Gemüter mit einer angenehmen Kühle. Ich warf mich aufs Bett, um meinen Füßen die wohlverdiente Erholung zu gönnen.

Josef knöpfte sein Hemd auf, zog es über den Kopf und legte es auf den Stuhl. Er hatte mir den Rücken zugewandt, ich sah seine herrlich geraden Schultern die sich auf und ab beweglichen Muskeln. Seine Hose, die ein Stück heruntergerutscht war, gab den Ansatz seiner Hüften frei. Schweißtropfen, kleine Perlen schmückten seine Haut. Ich roch seinen Schweiß und sog den Geruch tief in meine Nase. Josef legte die Arme in die Seiten, streckte und dehnte sich in alle Richtungen und war sich in keinster Weise bewusst, welch atemberaubende Wirkung diese normalste aller Bewegungen auf mich ausübte. Dieses Bild erfüllte all meine Sinne mit einer Lust, die sich mir für ein ganzes Leben einprägen und nie wieder loslassen würde. Allein für die Dauer dieses Augenblicks, hatte sich die Reise nach München gelohnt. Ich bebte und fühlte jede Faser meines Körpers.

Josef, nicht ahnend, was er in mir ausgelöst hatte, in welchem Zustand ich mich befand, lächelte und nickte mir aufmunternd zu. Die Aufforderung, für den weiteren Verlauf des Abends.

Die nette Wirtsfrau hatte eine Flasche Wasser bereit gestellt. Wir tranken abwechselnd, wischten mit der Hand die letzten Tropfen vom Mund und schlichen wieder aus dem Haus.

Die Kneipen in Schwabing waren bis auf die letzten Plätze gefüllt. Hand in Hand liefen wir an den geöffneten Fenstern und Türen vorbei, belächelten die Fröhlichkeit der Stimmen und plauderten ein paar Worte mit den Studenten. Heiter und selig spürten wir die sanfte Brise des lauen Abends, bis ans Ende der Welt wären wir gelaufen.

Vor der Haustüre der bayrischen Pension musste dann doch

Schluss sein, BESUCHE, nicht gestattet. Josef streichelte meine Wange, wünschte eine gute Nacht und ließ mich mit so vielen Eindrücken alleine.

Ich war zu müde zum Nachdenken, der Nacht war mein tiefer Schlaf gewidmet.

Dass mich der nächste Tag mit Sonnenschein begrüßte, bedeutete einen Ausflug zum Ammersee. Es würde unser letzter Tag sein, abends musste ich zurück nach Köln. In der Pension gab es einen blauweißen Frühstücksraum, ein Dirndl im Dirndl platzierte mich, mit einem freundlichen Grüß Gott, an ein rundes Tischchen, für mich alleine gedeckt. Ich aß frische Semmel, trank starken Kaffee und kam mir mit meinem rheinischen Akzent schwerfällig und unpassend vor.

Wieder in meinem Zimmer hielt ich Ausschau nach Josef und freute mich, an seinem suchenden Blick. Als er mich sah, hob er die Hand, und winkte mich hinunter. Ernst und blass fast schüchtern hörte ich auch ein Grüß Gott. Er fasste mich an beiden Händen, so als wolle er eine Rede halten. Unsere Augen verloren sich erneut ineinander, plötzlich drehte er sich und erklärte den Weg zum Ammersee.

Eine kurze Strecke mit der Eisenbahn, die uns voll besetzt mit Sonntagsausflüglern, ans Ziel brachte. Vor uns eine Bilderbuchlandschaft, die mich völlig aus dem Häuschen brachte. Hübsch und lieblich, piekfeine blumengeschmückte Häuser, hinein gebettet in Wälder, Felder und grüne Berge. Der Tag wie geschaffen für uns. Alles passte, war so friedlich. Wir tauchten ein in die ersten wärmenden Sonnenstrahlen und ließen uns anstecken von der romantischen Stimmung über dem See. Die Menschenmenge aus dem Zug hatte sich verteilt in die Weitläufigkeit der Landschaft. Fast alleine, hätten wir die Ruhe und die sanften Bewegungen des Wassers genießen können. Josef kam noch nicht zur Ruhe, er hatte andere Dinge im Kopf.

Gehen wir zunächst zum Bootsverleih, rudern wir ein bisschen hinaus.

Nach dem Picknick, suchen wir ein schattiges Plätzchen im Moos und legen uns dort hin.

War das die Seite an Josef, die ich noch kennen lernen musste? Perfektion in allen Dingen. Gut organisierte Pläne, durch nichts zu verändern, keine Spontanität?

Ich suchte seine Augen und berührte kurz seinen Arm. Dass er darüber erschrak, war für mich ein Zeichen innerer Unruhe und Nervosität. So reagierte kein gut durchorganisierter Mensch.

Warum sprach er nicht? Was belastete ihn, warum hatte er kein Vertrauen zu mir? Hatte ich ihn enttäuscht, hatte er sich in seinen Gefühlen zu mir geirrt?

Wie ich ihn jetzt in der Reihe vor der Kasse des Bootsverleih stehen sah, eroberte er mein Herz erneut. Ich konnte meinen Blick nicht abwenden, das heftige schlagen in meiner Brust nicht bändigen. Mir gefielen seine Bewegungen, sein Lächeln und die mich suchenden Augen. Er schickte mir einen Handkuss und verliebte Blicke zu, ich täuschte mich nicht!

Im Boot ruderte er kräftig und schnell. Es dauerte nicht lange, dass wir weit draußen auf dem See waren, allein nur mit uns. Für mich gab es nichts schöneres, als ihm gegenüber zu sitzen. Die Bewegungen, das Auf und Ab der Arme, die gespannten Muskeln, die durch die Anstrengung hervorgetretenen Sehnen und Adern machten mich irre. Sein Gesicht gelöst und freundlich. Mit den strahlenden Augen eines Kindes fragte er mit erwartungsvoller Stimme: Wie findest du das, ist es nicht fantastisch, wir beide hier auf dem See?

Wie verzaubert sah ich ihn an, fühlte eine große Sehnsucht. Ich hätte so gerne viel mehr über ihn erfahren. Über die Ehrlichkeit seiner Gefühle war ich mir sicher.

Wir tauschen die Plätze, du bist dran mit rudern, ich werde jetzt vor dir sitzen und dich betrachten.

Josef, aktiv und tatkräftig, überhörte meine flehenden Worte, mich zu verschonen. Er platzierte mich auf das Brett in der Mitte, drückte mir die Ruder in die Hände, setzte sich vor mich, und gab mir den Takt an: vor- zurück-kräftig-rudern-1-2-3. Erst machte es Spaß, dann wurde es anstrengend, zuletzt bestimmte ich selbst das Tempo und ließ uns an einer malerischen Stelle über den See gleiten. Josef lag zu meinen Füßen, die Hände unter den Kopf verschränkt, summte er eine mir unbekannte Melodie.

Eine einzige Frage nach seinem Vater, eine Frage nach seiner Arbeit oder dem weiteren Verlauf mit uns, hätte den Zauber des Tages genommen. Wir befanden uns in einer Ausnahme-situation, die durch gar nichts gestört werden durfte.

Der Blick auf die Uhr holte uns allerdings gnadenlos auf den Boden der Tatsachen zurück. Die gemietete Bootszeit ging dem Ende zu. Josefs Magen hörte ich schon knurren. Unser Korb mit Proviant war noch unberührt. Das Schläfchen auf der Lichtung stand auch noch aus und vor allen Dingen, musste ich heute zurück nach Köln.

Die Gegend um den See schien Josef zu kennen. Zielbewusst führte er uns vom Weg ab in eine wunderschöne offene Lich-tung. Die Sonnenstrahlen verfingen sich in Tannen und Kie-fernspitzen. Die Erde war sanft gepolstert und gab uns genügend Raum, die Decke auszubreiten, zu essen, zu trinken. Während wir uns gegenseitig die von Josef zubereiteten Leckerbissen, Käse, Würstel und Weintrauben in die Münder stopften, den Rot-wein nachgossen, kicherten und lachten wir unbeschwert den Moment, genießend. Fest umschlungen miteinander, in den Armen liegend, wurde unsere Stimmung melancholisch. Nach dem Reiz der ersten Minuten, spürte ich seinen Herzschlag heftiger werden.

Immer schneller atmete er in mein Haar, umklammerte mich fest, fast schon brutal, um dann entschlossen aufzustehen. Es wird Zeit, ich bringe dich zum Bahnhof.

Meine Gedanken überschlugen sich. War das alles? Soviel mehr hatte ich von dem Wochenende erhofft? Und Josef? Was wusste ich von ihm? Wo lebte er mit seinem Vater, wo war seine Mutter, hatte er Geschwister? Wie alt war er, welche Zukunftspläne hatte er? Weshalb war ich eigentlich hierhergekommen?

Ich sah ihm ins Gesicht. Meine Zweifel verschwanden. Ich musste ihm danken. Er hatte mir ein Wochenende geschenkt. Zwei Tage, die sich nur um mich gedreht hatten. Tage an denen ich zum Mittelpunkt geworden war. Ich, als wichtigste Person.

Alleine für mich, hatte Josef ein Zimmer besorgt, nur mit mir war er stundenlang durch die Stadt gelaufen. Meinetwegen blieb er an jedem wichtigen Ort, vor jeder Sehenswürdigkeit stehen. Augen hatte er nur für mich, ich sollte glücklich sein. Alle meine Wünsche, erfüllte er.

Das Bild, als er geschwitzt, mit nacktem Oberkörper, in meinem Zimmer stand, brachte jetzt noch mein Blut in Wallung. Josef hatte mich, für zwei Tage zum Mittelpunkt seines Lebens gemacht.

Jetzt war diese Zeit vorbei. Zu schnell mussten wir die Seite zuschlagen und uns der Realität stellen. Wie ein Häufchen Elend stand ich am Bahnhof.

Keine Aufregung in letzter Minute, hörte ich die Stimme Josefs, wie aus weiter Ferne an meinem Ohr. Ich war einfach traurig, nahm mich zusammen und wollte die Stimmung nicht trüben. Zu stolz war ich, nach einem weiteren Treffen zu fragen. Josef hatte mir schon so viel gegeben. Er blieb ernst, hielt mich wieder an beiden Händen, schaute an mir vorbei in die Richtung, aus der der Zug erwartet wurde. Zeit zum Abschied nehmen. Auf Wiedersehen Josef, ich hob kurz den

Kopf. Josef nahm ihn in beide Hände und drückte einen Kuss auf meine Lippen. Ein Kuss wie Samt und Seide. Leicht wie eine Feder oder ein Schmetterling. Mein Mund ausgefüllt mit seinen Lippen. Trotz der Leichtigkeit, spürte ich den Druck noch viele Stunden. Ich wollte nicht mehr reden, nicht essen oder trinken. Nur seine Lippen auf meinen spüren. Josef war in der Menschenmenge verschwunden, ich trug den Kuss wie eine Hostie auf meinen Lippen. Ich suchte ein Abteil, wo ich ihn ungestört genießen und schützen konnte.

10. Kapitel

Wieder in Köln, besuchte ich Mama. Zu sagen brauchte ich erst einmal nichts. Ihr prüfender Blick brachte es auf den Punkt: Marie, du bist verliebt, dich hat es erwischt mit Haut und Haaren. Ich bin die einzige die diesen Zustand sofort erkennt. Wer ist der Mann, der dich so glücklich macht?

Mama die Expertin in Sachen Liebe. Bei ihr war ich gut aufgehoben. Fünf Männer hatte sie geliebt, fünf Kinder geboren, von den Geliebten auf Händen getragen, war sie wunderschön geblieben.

Die Liebe hatte sie begehrenswert gemacht, die Liebe verklärte noch heute ihr Gesicht, verführte sie zum Träumen.

Von Josef würde sie begeistert sein.

Mein Herz war voll, ich redete wie ein Buch. Ich berichtete über unsere Liebe auf den ersten Blick, erzählte von dem Tag auf dem Rummelplatz und der Fahrt nach München.

Mama, es waren die schönsten Tage meines Lebens. Verliebt war ich schon vorher. Augusto und Robert hatten mich schon beinahe um den Verstand gebracht. Aber die Sache mit Josef ist etwas anderes. Jedes Detail erzählte ich ihr. Sie hörte mir zu, stellte keine Fragen, unterbrach mich nicht, verzog keine Miene.

Ich wollte, dass sie teilnahm an meinem Glück. Mama, es war so wunderbar, es ist nichts passiert, gar nichts, bis auf die Liebe. Die Liebe hat uns getroffen, sie ist sanftmütig und geduldig. Schwester Pias fromme Sprüche zeigten ihre Wirkung.

Zufrieden mit mir und der Welt, lehnte ich mich entspannt auf Mamas Bett, bis mich ihr rauer Tonfall erschreckte.

Marie, du träumst, glaubst du wirklich an das was du gerade erzählt hast?

Hast du nichts vermisst? Du hast zu lange unter Nonnen gelebt, das ist jetzt das Ergebnis. Josef lieber Josef mein. Ist das ein Mann? Hat er Angst vor dir? Es liegt in der Natur der Sache, dass die Liebe zwischen Mann und Frau nicht platonisch bleibt. Ein richtiger Mann, leidenschaftlich und verliebt, begehrt die Frau seines Herzens. Er will sie besitzen, eins mit ihr werden. Und sie will das auch. Sich ein bisschen zieren, schadet nichts, ihn eine Zeitlang zappeln lassen, steigert die Spannung. Doch zwei Tage miteinander verbringen und nicht einmal das Wort Liebe in den Mund zu nehmen, so etwas habe ich noch nicht erlebt. Irgendwas ist da faul. Meine liebe Marie gib dich keinen Illusionen hin, der Mann hat etwas zu verbergen. So wie du aussiehst, kannst du an jedem Finger zehn haben, such dir einen Neuen und amüsiere dich. Nimm dir ein Beispiel an mir, ich kenne die Liebe in allen Variationen, sehr unterschiedlich, doch immer so, dass ich auf meine Kosten gekommen bin.

Die Liebe muss dich glücklich machen, Herzeleid tut weh. Habe ich nur einmal erlebt, erinnere mich nicht gerne daran. Brennt nach wie vor in meinem Inneren, genauso wie die Liebe, die damit verbunden war, Schluss jetzt.

Wieso bist du wieder aus deinem Koma erwacht, warum sprichst du wieder?

Wie schön war es, dich einfach da liegen zu sehen, dich zu betrachten und nur an Schönes zu denken.

Verdorben hast du alles, von einer Liebe gesprochen, die dir selbst niemals begegnet ist, langsam merke ich, dass du davon nichts verstehst.

Unsere Liebe ist voller Überraschungen, sie lässt uns Zeit, den anderen zu entdecken, jede Bewegung, jedes Tun zu betrachten und zu begreifen. Ein blaues Hemd ist nicht nur ein blaues Hemd. Es ist das, was er auf seiner Haut trägt, was seinen Schweiß aufnimmt. Ein Hemd, in das ich mein Gesicht schmiege und meine Nase reibe. In dessen Tasche er kleine Geldstücke aufbewahrt, die immer für ein Eis reichen,-

sollte ich Appetit darauf haben. Es ist das was meiner Fantasie freien Lauf lässt. Die Vorstellung, dass jeder langsam geöffnete Knopf, mich näher an seinen Körper bringt, der unter meinen Händen erwacht, erst vorsichtig, dann leidenschaftlich und erregt, macht mich wahnsinnig.

Mama, sollten wir im Schnellverfahren das gesamte Feuer schon entfachen? Die kleinen Hölzer haben wir angezündet, das Feuer brennt in uns. Die Glut bleibt so lange erhalten, bis wir sie wieder entzünden und weiter zum lodern bringen. Mein einziges Herzeleid, welches ich mir aber mit den schönsten Träumen versüße, ist die Sehnsucht.

Die Wut auf Mama konnte ich nicht beruhigen. Warum hatte sie mich so verletzt? Sie würde doch nicht Recht haben mit ihren Äußerungen? Völlig durcheinander hatte sie mich gebracht. Was sollte Josef zu verbergen haben? Belasten wollte er mich nicht, mit seinen Sorgen.

Ich sollte mich mehr für ihn interessieren.

Ich war der große Egoist.

Ich hatte ihn vernachlässigt.

Was konnte ich nur tun? Sollte ich einen Brief schreiben, oder abwarten? Wahrscheinlich hatte er mich schon vergessen.

Ach ,Mama

An der Pforte lag eine Nachricht für mich.

Hallo liebe Schwester, wo steckst du nur, wir machen uns Sorgen und vermissen dich. Wir lieben dich, lasse von dir hören, deine Liesel und Lona.

Meine Familie, so fühlte sie sich an, sie würde mich nicht vergessen, mir wurde warm ums Herz.

Mama würde mir den Tag nicht vermiesen. Sie selbst hatte nur Abenteuer erlebt, nichts Beständiges, hereingefallen war sie auf süßes Geschwätz.

Ich ließ die Vorlesung sausen, lief durch die Stadt und sah sie mit neuen Augen. Ich spürte die Verbundenheit zu den Menschen, deren Stimmen mir vertraut waren, entschuldigte mich, weil ich mich für den rheinischen Akzent geschämt hatte. Ich gehörte zu dieser Stadt, zu dem Fluss, den vielen Brücken und Kirchen. Ich liebte die verspielten farbigen spitzgieblligen Häuser am Rheinufer, beschützt von der Erhabenheit des Domes und den anderen imposanten Kirchen, St. Martin, Kunibert und wie sie alle hießen. Meine Heimatstadt.

Würde Josef kommen, hätte ich ihm viel zu zeigen.

Vielleicht würde ich ihn Mama vorstellen, dann könnte sie sich ein Bild von ihm machen und ihre Meinung ändern, vielleicht.

Heute Abend wollte ich die Schwestern besuchen. Es kostete mich eine Überwindung das dunkle Haus zu betreten. Dass Lona dort lebte, hatte vielleicht etwas verändert.

Braun und Fidel stand unter dem Klingelknopf. Die beiden Namen meiner Mutter. Ein Name war meiner.

Würde ich Josef heiraten, fiele er weg. Seinen Namen wollte ich annehmen, Nobre!

Marie Nobre, warum nicht. Marie Nobre, die Gattin von Josef E. Nobre.

Ich wusste noch nicht einmal wofür das E stand.

Ich klingelte bei Braun und Fidel und hörte als erstes ein heftiges klopfen. Die Alte, die unheimliche Alte auf der ersten Etage hatte mich als erstes wahrgenommen.

Die Tür wurde von Benno geöffnet. Mit dem Blick eines traurigen alten Affen, begrüßte er mich, zögernd und unsicher ob ich eine Umarmung zulassen würde. Ich drückte meine Stirn auf seine Schulter und fühlte mich sehr wohl in seinen Armen. Geduldig hielt er mich fest, ließ mir Zeit. Als ich mich beruhigt hatte, wir uns in die Augen sehen konnten, lächelte er mit seinen großen Zähnen Willkommen in meinem Drei-mädelhaus.

Zwei der Drei hockten vor dem Fernsehgerät, knabberten salziges Zeug.

Eine sprang auf, umarmte mich herzlich und freute sich riesig. Liesel, das süße Kind, immer ein reizender Anblick, hielt meine Hand. Marie, jetzt sind wir wieder zusammen.

Lona freute sich sicherlich genauso, nur war es ihr zu lästig, aus der gemütlichen Sofaecke zu steigen. Lona war bequem, ich sah es an ihrem gestreiften Bademantel und an der Frisur, Haare die ungepflegt auf ihre Schultern fielen. Schrecklich, die verschieden farbigen Socken, die mit auffällig großen Löchern geschmückt waren.

Hi, Marie, setz dich zu uns, mach es dir gemütlich, Benno bringt dir einen Tee. Erzähl mal wo dich herumgetrieben hast.

Benno hatte alles bereit gestellt, er rückte einen Stuhl an Tisch und Sofa, von oben hörten wir energische Klopfgeräusche.

Mach keinen Lärm Oma, die Marie ist gekommen, wir haben jetzt keine Zeit für dich.

Lona hatte alles im Griff.

Ich hole die Oma, Liesel sprang auf.

Nein, rief ich, Benno legte beruhigend seine Hand auf meinen Arm.

Mach die Kiste aus, wir hören was Marie zu sagen hat. Lona wandte sich mir zu, die anderen sahen mich erwartungsvoll an.

Was sollte ich ihnen erzählen?

Kein Sterbenswörtchen würden sie über Josef erfahren.

Ich pflanze mich zu euch auf die Couch, hatte in der letzten Zeit viel um die Ohren mit dem Studium und so, ich erhole mich jetzt ein bisschen.

Benno zeigte mit dem Finger nach oben und verschwand zu seiner Mutter. Liesel erzählte von ihrem neuesten Schwarm, bekam rote Ohren und heiße Backen. Lona tätschelte sie immer wieder, drückte sie an sich und nannte sie mein kleiner Schatz. Ich steckte eine Salzstange nach der anderen in mich hinein und kicherte mit meinen Schwestern um die Wette.

Im Hintergrund hörte ich Musik, ein Scherzo von Chopin. Musik die ich liebte und von den Abenden im Heim kannte. Schwester Pia hatte sie oft mit uns gehört.

Auch mit Robert hatte ich Klassik gehört und jetzt hier? Wer interessierte sich dafür? Nachbarn gaben es keine, sollten etwa Benno und die Oma? Liesel bemerkte meine fragenden Blicke. Hast du nicht die Geige in Omas Zimmer gesehen? Früher hat sie darauf gespielt, als sie blind wurde, war Schluss damit. Taktgefühl hat sie aber noch, das hast du ja gehört. Benno liebt auch diese Musik. Ich glaube, das war auch einer der Gründe warum er so verliebt in Mama war. Sie kannte sich aus und ließ sich gerne von ihm in die Oper oder ein Konzert begleiten. In den letzten Jahren weniger, er war ihr einfach zu hässlich an ihrer Seite. Du kennst sie ja. Armer Benno!

Warum nannte Liesel ihn immer Benno und nicht Vater, schämte sie sich auch?

Mir wurde allmählich klar, was der Grund für die unerklärliche Angst vor Benno und seiner Mutter war. Die Dunkelheit in der sich die beiden bewegten. Warum mieden sie die Helligkeit? Wessen Schuld war es, dass Oma blind geworden war? Was konnte Benno dafür, dass er nicht mit Schönheit gesegnet war? Glaubten sie wirklich, sich deswegen verstecken und die Musik verschämt im stillen Kämmerlein hören zu müssen? Ich konnte es nicht fassen, zwei Außenseiter hatten mir Angst eingeflößt mit ihrem wunderbaren Geheimnis. Ich musste sie sehen und lief die Treppe hoch. Eine kleine Lampe brannte in Omas Zimmer. Die Augen zusammengekniffen, aufrecht sitzend und konzentriert, war sie versunken in Beethovens Violinkonzert. Benno, mit herabfallenden Schultern, hockte dicht neben ihr. Im Schein der Lampe sah ich ein sanftes, sensibles Gesicht. Wie hatte ich jemals hässlich dazu sagen können?

Beschämt schlich ich wieder nach unten, zu dritt schauten wir das Programm im Fernsehen.

Unter dem Dach in meinem Zimmer heulte ich wie ein Schlosshund, zerbiss mir meine Fingernägel, schlug mit dem Kopf hin und her, wurde zu einem echten Heimkind. Alleine, unverstanden, verstört.

Erst das friedliche Bild Bennos mit seiner Mutter, schaffte ein Lächeln und gleichzeitiges Kopfschütteln. Ich freute mich total, dass ich eine völlig unbegründete Angst überwunden hatte. Dieser Tag war kein verlorener.

11. Kapitel

Ich traute meinen Augen nicht, als ich Lona um die Mittagszeit über den Campus laufen sah, wie hatte sie mich gefunden?

Lona winkte mir zu und sah äußerst komisch aus. In dem langen geblümten Rock und der engen roten, über der Brust gekreuzten Bluse, die dunklen Locken ungebändigt, wäre sie glatt als Zigeunerin durchgegangen.

In ihrem Korb trug sie belegte Brote, Weintrauben und eine Thermoskanne mit rotem Tee. Sie breitete eine Decke aufs Gras und lud mich zum Mittagsessen ein. Ich musste zugeben, dass ich mich freute, schaute aber trotzdem, dass mir kein Kommilitone in die Nähe kam.

Ich wollte dir was Gutes tun, Schwesterlein, du bist so schmal und blass geworden. Hast du Liebeskummer oder Probleme mit der Familie. Es läuft doch alles gut im Moment, Mama ist glücklich, ich bin zufrieden, verdiene mir ein paar Mark, in einer Wäscherei. Ich darf wunderschöne große weiße Tischdecken und unschuldige weiße Bettlaken durch die Mangel drehen und zu kleinen Paketen packen. Nichts besonderes, aber die Besitzer haben nicht nach meinem Vorleben gefragt, ich konnte sofort anfangen. Nachmittags von drei bis sechs stehe ich an der Heißmangel, alles blütenrein und sauber.

Benno meint zwar ich hätte mehr drauf, sollte mich in größeren Geschäften bewerben, aber was hat der schon zu sagen. Er geht doch selber jeden Morgen früh Zeitungen austragen. Mit seinen Beruf als Souffleur am Theater war es ja zu Ende, als der Krebs ihm diese blöde Stimme verpasst hatte.

Aber worüber rede ich, eigentlich hatte ich mir überlegt mit dir und Liesel einen Ausflug nach Magdeburg zu machen. Es ist an der Zeit, dass wir unseren Bruder Georg kennen lernen. Mit Mama habe ich schon darüber gesprochen, sie gibt uns das nötige Kleingeld und ist so spendabel, dass ich mir einen kleinen Gebrauchtwagen kaufen darf. Das ist bestimmt ihr schlechtes Gewissen, schließlich habe ich bei ihr noch was gut.

Bei dem Metzger hatte ich mich richtig wohl gefühlt, er war sehr nett zu mir, hat mit mir gespielt und dicke Scheiben Fleischwurst auf meine Brötchen gelegt. Wir waren wirklich so etwas wie eine Familie, auch wenn ich mich bei Georg nur an Geschrei erinnern kann. Komm Marie, lass uns auf die Suche gehen.

Der berühmte lonaische Redeschwall war beendet und ich hatte wieder einmal genug zu tun in Sachen Familie.

Erstaunt war ich darüber, dass Lona einen Führerschein hatte. In welcher Episode ihres Lebens mag sie den erworben haben?

Von einer Krebserkrankung bei Benno hörte ich zum ersten Mal, vieles konnte ich jetzt besser verstehen.

Lona wir müssen noch über viele Dinge reden, wenn Mama wirklich einverstanden ist, können wir von mir aus fahren, obwohl …, beinahe, hätte ich mich verraten, hätte meiner geschwätzigen Schwester von Josef erzählt und der Sehnsucht die ich nach ihm hatte. Eine Reise nach Magdeburg würde mich wahrscheinlich etwas ablenken.

Die Mahlzeit hatten wir, ohne es groß zu merken, aufgegessen. Zu sehr waren wir mit unseren Gedanken beschäftigt. Lona, auf einmal ziemlich ernst, redete vor sich hin, ohne mich wahr zu nehmen.

Den Felix, meinen Vater, hätte ich auch gerne kennengelernt, warum ist sie nur so strikt dagegen. Eines Tages werde ich mich auf die Suche nach ihm machen, ich bin schließlich ein Teil von ihm.

So schnell sie gekommen war, so schnell räumte sie alles auf. Die Heißmangel wartete auf sie, ich würde von ihr hören.

Die Vorstellung mit zwei Schwestern in einem Auto nach Magdeburg zu fahren, gefiel mir immer mehr. Einen großen Bruder zu haben, imponierte mir. Die Mädchen meiner früheren Schulklasse gaben immer schrecklich an, wenn sie einen hatten. Sie wurden umschwärmt und von den bruderlosen, beneidet.

Die Frage woher Mama so viel Geld hatte, ließ mich noch nicht los. Vielleicht sollte ich sie bitten mir etwas zum Studium bei zu steuern. Dann bräuchte ich nicht mehr die langen Flure im Heim zu putzen, oder Nachhilfeunterricht den doofen Kindern, reicher Eltern zu erteilen.

Zuhause lag er, unter der Tür geschoben, der lang ersehnte zweite Liebesbrief. Dieses Mal riss ich den Umschlag unschön auf, so schnell wie möglich musste ich das Geschriebene lesen.

Liebste Marie
Sei nicht enttäuscht, es gibt nicht viel zu schreiben. Lieber möchte ich mit dir reden, es dauert nicht mehr lange und ich komme zu dir. Mein Vater liegt in einem Hospiz, du verstehst.

Er hat sein Ziel fast erreicht, wir hatten eine gute Zeit miteinander, und müssen uns jetzt loslassen können.

Die Erinnerung an das vergangene Wochenende schenkt mir wunderschöne Bilder, die ich vor mir sehe, wenn die Zeit am Bett meines Vaters zu traurig wird. Pazienza, Maria, habe Geduld und denke an deinen Josef.

Immerzu denke ich an Josef, jetzt kommt das Warten noch hinzu.Den Schmerz den du hast, kann ich nicht nachempfinden. Einen Vater hatte ich nie, und Mama liegt, seit sie aus dem Koma wieder erwacht ist, im Krankenbett. Lieber Josef, ich glaube deinen Worten und warte.

Ich küsste den Brief und legte ihn unter mein Kopfkissen. Bis zu einem Wiedersehen würde er es dort aushalten müssen.

Es hätte nicht anders sein können, Lonas Auto war rot. An einem Abend holte sie mich für die erste Fahrt mit dem roten Wagen ab. Aufgeregt, mit Angst im Nacken, saß ich neben einer strahlenden Apollonia. Sie sah so glücklich aus, zeigte ihre blitzenden Zähne und betonte immer wieder, dass sie nichts verlernt habe. Die Strecke Magdeburg-Köln, schaffe ich mit links, doch vorher besuchen wir unsere Mutter.

Lisa saß mit dem Rücken zur Tür, wir spielten unser »Kuckuck wer bin ich« Spiel, dann schob Lona das Bett bis dicht vor das Fenster.

Schau, der hübsche Rote da unten, das ist mein Wagen, danke Mama.

Sie schüttelte den Kopf, seufzte halbherzig. Und damit wollt ihr so eine weite Reise unternehmen, den Georg ausfindig machen. Das ist keine gute Idee, ich habe ihn schon lange vergessen. Jetzt habt ihr alles wieder in mir wach gerüttelt. Auf einmal mache ich mir Sorgen weil ich weiß, dass drei meiner Kinder mit so einem schnellen Flitzer unterwegs sind.

Was für ein schönes Leben hatte ich früher, alleine für mich. Das Schlimmste an der ganzen Sache ist, dass ich mich gut fühle, dass ich zum ersten Mal einen Sinn in meinem Leben sehe. Hätte mir die Liebe nicht dazu verholfen Kinder in die Welt zu setzen, wie würde ich da stehen bzw. da liegen. Wer würde sich um mich kümmern, mich besuchen, mit mir reden.

Wie eine Glucke sage ich jetzt, fahrt vorsichtig, passt auf, geht kein Risiko ein, meldet euch. Ich brauche euch.

Vielleicht sehe ich eines Tages auch meine Söhne wieder. Was die Väter betrifft, soll sie der Teufel holen. In meiner Situation ist Benno der einzig Richtige.

Ich weiß nicht was ich für meine Mutter empfand, mal war es Bewunderung, mal Verachtung und Wut. Manchmal, Liebe.

Lona legte sich ins Zeug, sie organisierte für unseren Ausflug Reiseproviant, besorgte Adressen von Pensionen »Für alle Fälle«, legte die Reiseroute fest, probierte eine Rede für den Antrittsbesuch.

Die Verabschiedung von Mama fiel heftiger aus als ich dachte. Sie umarmte und küsste uns, bestand auf einem Foto mit ihren ach so hübschen Töchtern.

Zu beanstanden hatte sie lediglich die erste enge Jeans von Liesel, meine langen Ohrringe, die ich schließlich nicht bei jeder Angelegenheit zu tragen hätte. Lona, in schlichtes und praktisches Blau gepackt, gefiel ihr, im Gegensatz zu der sonst in grellen Farben geschmückten Tochter.

Gebt eurem Aussehen immer wieder Höhepunkte, nur so seid ihr interessant.

Nur unserem Aussehen, dachte ich. Du hast doch dafür gesorgt, dass es reichlich genug Höhepunkte in unserem Leben gegeben hatte.

Großzügig steckte sie noch jedem einen Geldschein in die Tasche, bevor sie theatralisch verkündete: Grüßt meinen ältesten Sohn, sagt ihm, dass auch er ein Kind der Liebe ist, dass es der Unfähigkeit meines jugendlichen Alters zuzuschreiben war, ihn der Familie seines Vaters zu geben. Mein Vertrauen in sie, war so groß. Ich wusste, dass es meinem Kind dort am besten gehen würde. Seine Mutter sollte er vergessen, glücklich, ohne Trennungsschmerz aufwachsen. Auch wenn dieser Entschluss mir sehr schwer fiel.

Das war Mama, so kannte ich sie, alles würde ich nicht ausrichten.

Erlöst, wie drei fröhliche Kinder fuhren wir im roten Auto, Richtung Magdeburg. Ganz schön lang, zog sich die Strecke. Ich erinnerte mich an die Busreisen von Köln nach Königswinter, einmal im Jahr gab es einen gesponserten Ausflug für arme Waisenkinder. Unterwegs sangen wir, was das Zeug hielt. Schwester Gertrudis, unsere Musiklehrerin, gab den Auftakt mit dem wunderschönen Lied: Mich brennts in meinen Reiseschuhn. Weiter ging es mit: Auf du junger Wandersmann, Es klappert die Mühle, Wem Gott will rechte Gunst erweisen bis hin zu, Mariechen war ein Frauenzimmer. Zum guten Schluss grölten wir alle: Ein Loch ist im Eimer.

Lona und Liesel waren begeistert, wir sangen bis wir heiser wurden, die Fahrt dauerte schließlich mehr als drei Stunden. Ich war unschlagbar mit meinen Liedvorräten. Lona beschwerte sich nach einiger Zeit und wünschte sich die Songs aus der Hitparade.

An Josef dachte ich nur noch zwischendurch, nicht mehr immerzu.

Spätnachmittags erreichten wir die Stadt, das heißt, den Weg in Richtung Wormirstedt. Die Adresse hatten wir von Mama, in der Hoffnung, dass sie noch stimmte und Georg dort wohnen würde.

Sie selbst hatte zu ihrem Sohn, der mittlerweile fast dreißig Jahre alt war, keinen Kontakt.

Die letzte Strecke war öde und übte trotz alledem, einen angenehmen Zauber auf uns aus. Ruhig und gelassen, breit und behäbig, zog sich der Mittellandkanal durch saftig grüne Wiesenlandschaften.

Der Fluss glitzert, meinte Liesel und traf genau ins Schwarze. Diese Ruhe in der auftretenden Abenddämmerung war genau das Richtige für uns. Wir einigten uns, dass ich allein auf den Klingelknopf drücken sollte.

Liesel brachte uns mit einer albernen Bemerkung, noch einmal zum Lachen, laut, ungebremst, fast hysterisch. Wormirstedt an der Ohre. Ein Ort der Ohren hat, seid vorsichtig mit dem, was ihr sagt.

Jetzt wurde es ernst.

Vor uns ein Bauernhof, schön an zu sehen. Blumenkästen mit dicken roten Blumen auf der Fensterbank. Pflastersteine auf dem Hof, ein Hund vor seiner Hütte. Katzen die herum streiften und ein kleiner Laden mit der Aufschrift »Hausgemachtes«. Es war still, es dämmerte, die Tage wurden kürzer, es war herbstlich. Die Klingel suchte ich vergebens. An einem grünweißen Tor ein Türklopfer unter dem Willkommensschild: Hier wohnt Familie Gerk

Ich klopfte zwei, drei Mal, hörte, dass jemand rief: Ist offen. Sollte man einfach? Vorsichtig drückte ich gegen das Tor, es gab nach und gleichzeitig stand ich vor einer jungen Frau mit einem blondgelockten Kind auf dem Arm. Beide hell und freundlich.

Suchen sie wen? Ja, den Georg Gerk, wenn er hier wohnt? Die Freundlichkeit wurde zur Unsicherheit.

Wer sind Sie, was wollen Sie von meinem Mann?

Es gibt viel zu erklären, es ist ungewöhnlich, nicht alltäglich. Ich bin seine Schwester und würde ihn gerne näher kennen lernen.

Die Unsicherheit wurde zur Ungläubigkeit. Die Stimme zitterte und stotterte, Georg, kommst du mal her da ist …

Und dann stand ich meinem Bruder, meinem Halbbruder gegenüber. Ein Kerl von einem Mann, kein Bauer wie man ihn sich vorstellt. Georg war stattlich und schön. Das erste Kind Mamas, das blonde Haare und blaue Augen hatte. Augen so blau wie der Himmel. Die Stimme hart und unwirsch. Das kann jeder behaupten, wie kommen Sie dazu, was soll das?

Ich kann es beweisen, ich habe Zeugen, Liesel und Lona waren schon im Anmarsch. Diese beiden haben auch die gleiche Mutter wie wir, die Urkunden dazu sind hier in der Tasche.

Wir wussten nicht weiter, schauten uns hilflos an. Die junge

Frau fasste sich. Kommen sie herein, das ist nichts was man zwischen Tür und Angel besprechen kann.

Ich will nicht, wieder diese strenge Stimme, die mir weh tat. Wir wollen nicht viel, nur ein kurzes Kennenlernen und ein paar Worte von Mama ausrichten, das ist alles.

Liesel hatte das Kind schon erobert, sie lachte mit dem kleinen Jungen und zerzauste seine Locken. Die Frau fasste Georg zärtlich am Arm. Nur für einen Moment Georg, wir müssen sie den Eltern vorstellen.

Ich will sie nicht im Haus haben, meine Eltern haben keine weiteren Kinder, das weiß ich. Entschuldigen Sie bitte, aber warum sollte ich ihnen glauben?

Im Halbdunkel sah ich die Umrisse der Eltern. Die breiten Schultern Georgs verdeckten sie fast, doch deutlich hörte ich eine entschlossene Stimme. Lass die Damen herein Georg, sie haben wirklich etwas zu sagen.

Die nächste Stunde bereute ich bitterlich, gab mir die Schuld an der Zerstörung eines friedlichen und glücklichen Familienlebens. Die Beichte der Adoptiveltern, die Unfassbarkeit und das plötzliche Verstehen immer wieder aufgetretener Ungereimtheiten, veränderten ständig die Haltung und den Ausdruck unseres Bruders. Seine einfühlsame Frau versuchte ihn zu trösten, die Wut zu bremsen, die Eltern zu verstehen und das Kind zu beruhigen. Ich mochte sie vom ersten Augenblick an.

Liesel setzte dem Ganzen die Krone auf.

Sei nicht böse oder traurig, Georg. Mama lässt dir ausrichten, dass du ein Kind der Liebe bist. All ihre Männer hat sie geliebt und uns auch! Für alles andere ist sie einfach unfähig.

Mit der Frage, warum habt ihr mir das angetan, verschwand er nach draußen. Die Eltern hielten uns zurück und baten die Schwiegertochter, das Essen vorzubereiten. Sie verschwand in der Küche, der Vater ging hinter seinem Sohn her in die Dunkelheit. Die Mutter erzählte uns die schon bekannte Geschichte und machte sich den Vorwurf, dem Sohn die Wahrheit solange verschwiegen zu haben.

Wir hatten so eine schöne Zeit, wir waren so glücklich mit Georg. Lisa gab ihn schnell zur Adoption frei und ließ uns in Ruhe. Nicht ein einziges Mal hatte sie sich gemeldet. Dass uns eines Tages die Vergangenheit einholen würde, hatten wir einfach verdrängt. Die Reaktion Georgs, müssen wir in Kauf nehmen. Natürlich verfluche ich diesen Tag. Ich bin wütend auf euch, aber was ist eure Schuld? Ich kenne eure Vergangenheit nicht, verstehe aber den Wunsch, nach dem Unbekannten.

Wir redeten und redeten, schütteten unsere Herzen aus. Lona weinte wie ein kleines Kind. Die Frau hörte uns zu und seufzte hin-und wieder.

Es war sehr spät. Die junge Frau hatte das Kind zu Bett gebracht und rief uns in die Küche, an den gedeckten Tisch. Georg und der Vater saßen bereits dort. Richtig Hunger hatten wir, aßen mit großem Appetit das frische Bauernbrot. »Hausgemachtes«, Schinken und Wurst. Wir tranken Milch, Liesel bekam feuerrote Backen, sah aus wie ein echtes Bauernmädchen. Friede war eingekehrt. Lona wurde die altbekannte. Sie kramte in Erinnerungen, an die Zeit mit Mama, Georg und Georgs Vater Walter, in Köln, bis Georg sie unterbrach. Ohne Wut in der Stimme, gefasst und ernst teilte er mit, wozu er sich entschieden habe.

Was wir alle heute erlebt haben, musste wohl so sein. Für mich war es ein Schock, den ich noch verarbeiten muss. Mit der Zeit werden die Wunden heilen und ich werde drüber hinweg kommen. Länger nachdenken möchte ich nicht. Ich habe gute Eltern. Ich habe eine Frau die ich liebe und ein gesundes Kind. Mit meinem Beruf und meinem Hof lebe ich sehr gut.

Hier bin ich zu Hause und will es auch weiterhin bleiben. Es fehlten mir weder Schwester noch Bruder. Ich will mit dieser ganzen Geschichte nichts zu tun haben und bitte euch, uns recht schnell wieder zu verlassen.

Wir kennen uns noch nicht, so ist es gut und soll es bleiben. Meine Eltern haben mich zu einem höflichen Menschen erzogen, deshalb auch dieses Abendessen hier. Es wird das erste, letzte und einzige bleiben. Ich wünsche euch eine gute Nacht, aber nicht in diesem Haus, und hoffe auf euer Verständnis, dass wir uns nicht mehr begegnen. Ich spreche auch im Sinne meiner Familie. Gute Nacht.

Ein starker Abgang! Liesel war traurig, Lona wollte protestieren, ich warf ihr einen unmissverständlichen Blick zu, bedankte mich bei den Eltern.

Wortlos verließen wir den Hof und suchten eine von Lonas »Für alle Fälle« Pansion.

In einem Dreibettzimmer, für deren gemütliche Ausstattung wir keinen Blick übrig hatten, legten wir uns hin und versuchten die Puzzlestücke des Abends zu einer Einheit zu bringen.

Lona, fest davon überzeugt, dass Georg erst einmal eine Nacht über alles schlafen müsse, hatte vor, ihn am nächsten Tag wieder zu beglücken. Liesel war zu allem bereit, was wir vorschlugen. Für mich war die Sache erledigt. Mir gefiel der Gedanke, solch einen gutaussehenden Bruder zu haben. Ich verstand Georg, dass er sein kleines Paradies nicht verändern wollte. Ich dachte an die Zeit, wo es nur Mama und Marie gab. Es hätte so bleiben können Wen hatte ich jetzt alles am Hals!

Als ich allerdings die beiden dunklen Lockenköpfe, in den weißbezogenen Betten, so innig miteinander reden sah, wurde mir ganz warm ums Herz. Dachte ich daran, dass Mama manchmal zu hören und gute Tipps geben konnte, regte sich auch in mir ein Zusammengehörigkeitsgefühl. Hätte Georg anders reagiert, müsste ich mich noch an eine Schwägerin und einen Neffen gewöhnen. Vielleicht hätte es ja Spaß gemacht.

Mit der wiedergekommenen Sehnsucht nach Josef, schlief ich endlich ein.

Was nicht ist, kann noch werden oder alles beim Alten lassen. Zwei Schwestern, die ihre unterschiedlichen Meinungen verteidigten. Die dritte hilflos dazwischen.

Ich fand ihn so süß, unseren kleinen Neffen, wir kennen nicht einmal seinen Namen.

Denk dir einen aus und vergiss alles andere so schnell wie möglich, dann bist du besser dran.

Wenn wir schon nicht hingehen, leisten wir uns wenigstens ein feudales Abendessen im besten Restaurant auf Mamas Kosten. Als krönenden Abschluss ein dickes Eis mit Eierlikör und eine große Flasche Schampus.

Jetzt hatte ich den Schlamassel, würde mich noch um eine volltrunkene Lona kümmern müssen, warum war ich nur hier her gekommen?

Liesel wuchs über sich hinaus, stellte sich gegen Lona und erklärte kategorisch, dass es nur zu essen und nichts Alkoholisches zu trinken gäbe.

So verblüfft hatte ich Lona noch nie gesehen.

Hut ab, Kleine, hiermit betrachte ich die Sache für erledigt, bei dem Italiener, den ich unterwegs gesehen habe, beenden wir das Unternehmen Georg. Fürs erste jedenfalls.

Wir konnten wieder lachen. Vielleicht käme ja doch irgendwann einmal der Tag, wo wir mit unseren Kindern, Ferien auf dem Bauernhof machen würden.

Die undankbare Aufgabe, Lisa die Nachrichten ihres Sohnes zu überbringen, überließen wir Lona.

Für den nächsten Besuch bei Mama ließ ich mir einige Zeit, dann nahm ich all meinen Mut zusammen und bat sie um mehr Taschengeld und eine größere Summe für den Führerschein, den ich machen wollte.

Habt ihr es alle auf meine Ersparnisse abgesehen. Ich habe noch nicht vor abzukratzen, möchte ein paar Jahre noch gut leben. Auf der anderen Seite, käme ich mal wieder raus von hier. Du könntest mich spazieren fahren, schick würden wir aussehen und für Schwestern gehalten werden. Das war doch immer unser Traum.

Deiner Mama, deiner.

Dachte ich an Georg, wurde ich traurig. Ich hätte ihn schon gerne näher kennengelernt. Die bedächtige ruhige und so entschlossene Art, gefiel mir. Er wirkte so gefestigt, ich fühlte mich wohl in seiner Nähe. Kommt Zeit, kommt Rat!

Ich war ein Kind des Frühlings, wenn die Erde erwachte, hatte auch ich jedes Mal dieses Gefühl. Die ersten wärmenden Sonnenstrahlen, erste Knospen an den Bäumen, Vergissmeinnicht und Tulpen im Besuchergarten des Waisenhauses, Vorboten meines Geburtstags. Ich bekam richtig Lust auf einen Spaziergang und lief durch den Klostergarten. Dieser Ort war eine Oase, ein kleines blühendes Kleinod hinter den dicken und dunklen Gemäuern. Erst jetzt verstand ich die Ruhe und den Frieden den er ausstrahlte. Als Kind hatte ich das alles nicht wahrgenommen, fand es zu heilig und zu langweilig. Heute war mir dieser Platz vertraut und ich dachte mit Erstaunen darüber nach, wie lange ich hier schon lebte. Am Sonntag würde ich dreiundzwanzig Jahre alt, soweit ich mich erinnern kann, war hier mein Zuhause. Lona wurde schon dreiunddreißig, Georg dreißig und Liesel würde neunzehn. Meine neuen Geschwister. Den Bruder, den wir noch nicht kannten, würde um die sechsundzwanzig Jahre alt sein.

Und die Väter? Felix, Lonas Vater lebte weit weg von uns. Georgs leiblicher Vater, war verunglückt. Der Vater des unbekannten Bruders, war uns auch unbekannt. Benno, Liesels Vater, wurde mir immer mehr der Liebste.

Wie es um meinen Vater stand, darüber war Mama noch nicht bereit zu reden. Dass er Carlos hieß, reichte mir nicht aus.

Wenn ich alle gefunden hätte, wollte ich ein großes Fest feiern. Ein Familienfest, mit allen Brüdern und Schwestern, mit allen Vätern. Wir würden zusammen sitzen oder tanzen, Musik hören, essen und trinken. Mama Bett würden wir in die Mitte des Gartens stelle und sie immer wieder sagen hören, da sind sie alle, alle die ich geliebt habe.

So träumte ich vor mich hin, beobachtet Schwester Pia, die mir irgendwelche komischen Zeichen, mit hochgezogenen Augenbrauen und Blicken zu meinem Dachzimmer gab. Sie hatte Meditation und Sprechverbot!

Ich hatte kapiert, so schnell ich konnte, rannte ich nach oben und fand wirklich den dritten Liebesbrief unter meine Tür geschoben.

Meine liebe Marie
In drei Tagen ist dein Geburtstag und ich werde bei dir sein.
Meine Aufgaben habe ich erfüllt. Vater ist friedlich eingeschlafen. Es gab eine kleine Beisetzung, so wie er es sich gewünscht hat. Die Urne habe ich bei mir und die Trauer wird sich an den Tagen über mich her machen, wenn ich nicht damit rechne.
Meine Gedanken sind bei dir, ich bin frei. Am Wochenende komme ich, mit dir deinen Geburtstag zu feiern.
Das Gästezimmer im Heim hat Mutter Oberin für mich vorbereitet. Bis Sonntag halten wir es noch aus, Josef

Noch drei Tage, wie sollte ich alles schaffen. Zimmer aufräumen, Kuchen backen, einkaufen. Feier vorbereiten, wen sollte ich einladen. Sollte ich Josef mir der Familie bekannt machen, oder den Tag mit ihm alleine verbringen?
Was würde Mama sagen, wie würde er Schwester Pia gefallen?

Wie traurig würde er noch sein?
Wäre er noch glücklich mit mir?
Mein Gott, wie verrückt ist diese Welt!

Mama, Josef kommt, du wirst ihn kennenlernen, er ist wunderbar. Vorher schenke mir etwas Geld, ich brauche ein neues Kleid, ich habe Geburtstag.

Schwester Pia, liebe Frieda ich wünsche mir von euch die berühmte Geburtstagstorte gebacken. Josef kommt, ihr werdet ihn kennenlernen, blamiert euch nicht.

Liesel und Lona, der herrlichste Mann der Welt kommt zu meinem Geburtstag. Zeigt euch von der besten Seite, macht mir keine Schande.

Dieses Mal stand ich am Bahnhof und schloss ihn in meine Arme. Wir atmeten uns gegenseitig ein, hielten uns fest an den Händen, bis wir unter meinem Dach standen. Zusammen schauten wir in meinen Sternenhimmel. Josef wurde ruhig, ich schob ihn auf den Sessel, hockte mich vor ihn auf den Boden und forderte ihn auf: Erzähle.
    Josef erzählte, sprach von dem Tag, als er den Vater ins Hospiz brachte, wie er vor dem Eingang Abschied von der Welt nahm, mit der letzten Zigarette in der Hand. Josef erzählte von den Krankenschwestern die den Vater liebevoll, mit allem Wissen um das Geschehen der nächsten Stunde, gepflegt und verwöhnt hatten. Er sprach von dem Beatmungsgerät und den Morphiumspritzen.
    Beschämt hatten ihn die dankenden Worte des Vaters, er hatte ihm gedankt für die wunderschöne Zeit, mit ihm als Sohn, einem großartiger Sohn, das Produkt einer berauschenden Liebesaffäre. Josef erzählte wie berührend und zugleich

anstrengend die letzten Tage gewesen seien. So lange, bis der Vater die Augen schloss und seine Hand nicht loslassen wollte.

Immer leichter wurde mir ums Herz. Ich küsste Josef auf die Stirne und ärgerte mich über ein heftiges Klopfen. Mutter Oberin besaß die Unhöflichkeit, gleichzeitig mit dem klopfen, das Zimmer zu betreten.

Mich übersah sie völlig, beschlagnahmte Josef und entschuldigte sich, nicht früher Zeit gehabt zu haben, ihn zu begrüßen und das Gästezimmer zu zeigen. Das Abendessen sei für ihn selbstverständlich vorbereitet. Gerne wollte sie sich mit ihm noch unterhalten, ihm in seiner Trauer beistehen. Sie nahm seinen Arm und führte ihn fort. Unsere Erziehung brachte es nicht fertig, dagegen auf zu mucksen.

Ich hatte genug von der Warterei. Meine Wut wollte ich auf die Straße werfen und sprang geradewegs in die Arme Bennos.

Er wollte mich warnen. Liese und Lona hatten sich eine Überraschung ausgedacht. Rechtzeitig sollte ich am Sonntagmorgen an Lisas Bett sein, dann könnte ich den Rest des Tages mit meinem Liebsten alleine verbringen. So hatte er sich das gedacht.

Benno war ein Schatz.

Im Heim schlich ich vor die Gästezimmer, schaute durch die Schlüssellöcher und sah ins Dunkle. Es blieb mir nichts anderes übrig, als in meinem Zimmer abzuwarten. Zwei Gläser bereitete ich vor, stellte den Rotwein auf den Tisch, zog mein Nachthemd an. Ein nachtblaues Seidenhemd ziemlich kurz und mit vielen kleinen Knöpfchen, hatte ich in Mamas Kleiderschrank gefunden. Wen wollte sie damit reizen, bei mir war es besser aufgehoben. Ihr Duft war noch darin verborgen, ich atmete tief ein und machte es mir im Bett gemütlich. Bald würde er bei mir sei. Das erste Glas Rotwein konnte ich mir schon gönnen.

Am nächsten Morgen erwachte ich alleine in meinem Bett.

Auf dem Tisch ein Zettel: Ich wollte dich nicht wecken, die Nonnen und die anderen Lehrer ließen mich einfach nicht los. Es war schon nach drei Uhr. Verzeih, bald halten wir uns in den Armen, J.

Ich wusste nicht auf wen ich wütender war. Auf die Schwestern die sich den Abend mit einem hübschen Mann versüßen wollten, oder auf den hübschen Mann, der nicht in der Lage war, sich durch zu setzen.

Und meine Bemühungen? Das tolle Nachthemd, der teure Wein, alles hätte ich gegeben in dieser Nacht.

Ach Josef, du hättest dich doch neben mich legen können, egal zu welcher Uhrzeit.

Ablenken musste ich mich und beruhigen. Der Trost war mein neues blaues, eng am Körper liegendes Kleid, mit dem tiefen Ausschnitt. Dazu die roten Schuhe mit den hohen Absätzen, den Lippenstift in der gleichen Farbe und meine Ohrringe, groß und rund.

Dass Josef die Tür öffnete, bemerkte ich nicht, so vertieft war ich in mein Bild vor dem Spiegel. Erst sein, hinreißend und die dreiundzwanzig Rosen in seinem Arm machten mich schwach. Alles Gute zum Geburtstag, die Blumen lagen auf dem Tisch und ich in seinen Armen. So wie ich es mir erträumt hatte. Mit Küssen sanft und zärtlich, wollte ich die Welt vergessen.

Erledigen wir erst die Pflicht, bevor die anderen hier angetanzt kommen.

Josef wollte beinahe kneifen, doch an dem Besuch bei Mama kamen wir nicht vorbei.

Ihr Bett stand der Tür zu gewandt. Rechts und links standen Benno, Liesel und Lona mit einem herzförmigen Kuchen, auf dem ich in rosafarbener Zuckerschrift:

Marie und Josef
entziffern konnte.

Alle sangen Happy Birthday und gaben uns Zeit, tief durch zu atmen und uns zu bestaunen. Ich nahm die Geburtstagsküsschen entgegen und stellte meinen Liebsten vor.

Das ist Josef, Mama.

Josef also, der Name passt ja zu Marie, auch wenn er ziemlich altmodisch ist.

Mir fiel das E ein, er hat noch einen zweiten Namen E.

Emil, fiel mir Josef ins Wort. Ich heiße Jose Emil Nobre. Mein Vater kam aus Brasilien, aus Jose wurde Josef, in Deutschland war dieser Name einfacher für mich.

Jose Emil Nobre, geboren am 2. Juli, einem Sonntag, in Köln?

Mama wiederholte den Namen, sah ihn durchdringend an.

Woher wusste sie sein Geburtsdatum?

Totenstille im Raum.

Stimmt alles, ja Nobre woher kennen Sie den Name?

Verstörte Blicke und Mama mit klarer Stimme:

Ich bin deine Mutter.

Marie er ist dein Bruder.

Dies Irae, dies Illa, Tag des Zornes, Tag der Finsternis. Nichts hatte ich umsonst gelernt. Danke Schwester Pia.

Galgenhumor konnte mich nicht mehr retten. Das was passiert war, konnte ich nicht aushalten.

Nein, woher dieser Schrei kam, konnte ich nicht sagen, er erschütterte mich, durchdrang meinen ganzen Körper.

Warum hast du uns das angetan, ich stürzte mich auf Mama und schlug mit beiden Fäusten auf sie ein. Was um mich herum geschah nahm ich nicht mehr wahr, ich befand mich in einem Alptraum.

Aus weiter Ferne hörte ich, wie Lona mit lauter Stimme, Mama mit Vorwürfen überschüttete. Liesel und Josef waren verschwunden. Benno schickte auch uns beide, zu sich nach Hause.

Er wollte mit Lisa alleine sein.

Vier Geschwister saßen im Wohnzimmer. Über uns das Geräusch der den Takt schlagenden Großmutter.

Josef hielt mich im Arm, trocknete meine Tränen. Da fehlt nur noch Georg, meinte Liesel und schnitt die Torte an. Mit den Fingern zerstörten wir den Kuchen und aßen alles, bis zum letzten Krümel.

Josef hatte keine Ahnung von der Existenz seiner Mutter. Von seinem Vater wusste er nur, dass es eine Oktoberfestaffäre mit einer schönen Frau aus Köln gegeben hatte. Zur Geburt des Sohnes hatte sie ihn nach Köln gebeten.

Heiraten wollte sie nicht, ein Kind großziehen auch nicht. So hatte Josefs Vater das Kind angenommen und erzogen. Er arbeitete als Assistent in einer brasilianischen Kirchengemeinde und es gab viele Mitglieder, die ihm geholfen hatten.

Jeder von uns hatte seine Geschichte, unabhängig voneinander. Lediglich die Hauptperson war die gleiche, unsere Mutter.

Treuherzig tröstete Liesel den neugefundenen Bruder. Geliebt hat sie dich, geliebt hat sie uns alle.

Ich spürte, dass ich diesen Zustand nicht aushalten konnte, Alles schmerzte mich, ich wollte nichts sehen und nichts hören. Niemand sollte mich trösten, nichts würde mich erlösen können.

In meinem Kopf pochte es heftig. Schattenhaft nahm ich Lona wahr, die zu mir beugte.

Marie, Marie wach endlich auf. Fast zwei Tage lang hast du geschlafen. Niemanden wolltest du sehen, selbst Josef hast du weggeschickt.

Bin ich der Hüter meines Bruders?

Was hatte Schwester Pia mir alles beigebracht. Wie gerne hätte ich sie in meiner Nähe.

Durst hatte ich, großen Durst. Schwankend erhob ich mich und suchte nach der Flasche Sekt, die Benno für den Geburtstag kaltgestellt hatte. Hoffentlich war sie noch da. Lona hielt mich, als ich mich nicht mehr halten konnte und auf den Sessel fiel. Ich prostete ihr noch zu und dann leerten wir beide mit großer Lust, die ganze Flasche. Lona fand noch Wein. Aus Mamas Schrank, leerten wir die kleinen Likörfläschchen.

Alles tranken wir bis zum letzten Schluck und fühlten uns dem Himmel ein Stück näher.

Ich hatte noch Mamas Geburtstagsgeschenk in der Tasche. 50 Mark, komm Lona, die versaufen wir jetzt, wo ist die nächste Kneipe?

Und führe uns nicht in Versuchung, warum nicht.

Zu einer jämmerlichen Person war ich geworden. So dachte ich, wenn es mir schlecht ging, wenn ich, Gott weiß wo, abhing und fürchterliche Kopfschmerzen hatte. Wenn ich herumtobte, wenn mir einer zu nahe kam.

Gut ging es mir, wenn Lona an meiner Seite war und es ihr nicht besser ging als mir. Sie war die Einzige die meinen Kummer verstand und so schöne Sätze sagte, wie: Jetzt sind wir richtige Schwestern.

Lona war ehrlich, sprach so, dass ich verstehen konnte, nahm mich so wie ich war, erwartete keine großen Ohrringe und keinen passenden Lippenstift. Küsste mich wann sie wollte umarmte mich, wenn mir danach war. Wenn ich sie brauchte, war sie da.

Ihr seltsamer Vater Felix, mit seiner Vorliebe für Götter, hatte der Tochter etwas Sinnvolles hinterlassen. In Lona steckte etwas Göttliches, Apollonia hatte Erbarmen mit mir.

Die nächsten Tage, wurden zu den Tagen der Dunkelheit und Finsternis.

Meinetwegen hätte sich die Welt in Asche auflösen können. Alles war mir so egal.

Mein rettender Engel Apollonia sah das anders.

Marie, aus dir wird keine Alkoholikerin, dafür werde ich sorgen. Bei mir ist der Zug schon abgefahren. Ich bin rückfällig geworden. Rückfällig, heißt zurück. Für mich heißt das, zurück ins Heim. Die Tricks, wieder dahin zu kommen, kenne ich.

Du gehst auch zurück in dein Heim, zu deiner Schwester Pia. Ich werde sie an ihre christliche Pflicht erinnern. Es ist ihre Aufgabe, dich wieder auf die Füße zu stellen. Sich vor der Nächstenliebe zu drücken, kommt nicht in Frage. Komm Marie, wir trinken unseren letzten Schluck und dann geht es nach Hause. Wir erheben das Glas auf unsere Mutter und auf die Kerle, die sie alle geliebt hat.

Meine nächsten Kopfschmerzen waren nicht mit Alkohol zu bekämpfen. Fein sauber gewaschen und gepflegt, lag ich im geblümten Schlafanzug in meinem Zimmer, in meinem Bett. Schwester Pia an meiner Seite. Zwei Aspirin und ein Glas Wasser, waren ihr Hilfsangebot. Ihr liebes Lächeln und ein sanfter Händedruck, machten mich unnötig verlegen.

Meinen Dank sollte ich weitergeben an den lieben Gott und meine Schwester Lona. Wollte ich das?

Was erwartete mich? Ein Leben mit Josef als Bruder?

Deine Seele ist zutiefst verletzt, jetzt bleibst du erst einmal da liegen, denkst an schöne Dinge und ruhst dich aus.

So sprach Schwester Pia und saß wie ein Wächter. Regeln einhalten konnte sie gut, darin war sie geübt und wahrscheinlich war es auch das Beste.

Was sie deswegen alles verpasste, wusste nur ich.

Ich kannte die unterschiedlichsten Gesichter der Liebe. Wie ein roter Faden schlängelten sie sich durch mein Leben. Nach und nach hatten sie sich mir gezeigt, schön langsam und intensiv.

Das schönste Gesicht der Liebe, hatte zweifellos Mama, sie war ein Meister darin, es oberflächlich zur Schau zu stellen. Schwester Pia bevorzugte die fromme, verinnerlichte Liebe. Nächstenliebe war ihr die Wichtigste. Sie liebte wirklich ihre Nächsten, bewundernd und verherrlichend, doch reinen Herzens.

Bennos Gesicht der Liebe war ein ganz anderes, es liebte still vor sich hin, demütig und aufopfernd.

Lona liebte den Alkohol, liebte von ganzem Herzen, offen und ehrlich.

Und Georg liebte lautlos, still in sich gekehrt. Die Liebe machte ihn stark, machte ihn zum Beschützer seiner Lieben und zum Opfer seiner selbst.

Und ich, ich hatte kein Glück in der Liebe.

Ich vermisste Lona, sie hatte es wahrhaftig geschafft wieder in die Trinkerheilanstalt zu kommen. In meinen Augen gehörte sie aber nicht dort hin.

Mama hatte ich seit meinem Geburtstag nicht mehr gesehen, meine Sehnsucht hielt sich allerdings in Grenzen. Genervt wurde ich von Schwester Pia. Ständig lag sie mir in den Ohren, meiner Pflicht als Tochter nachzukommen. Warum eigentlich, ich hatte keine Lust dazu, Mama war doch diejenige, die mich verletzt und mein Glück zerstört hatte.

Meine Chancen gegen Schwester Pia standen schlecht. Sie fand ein ordentliches Kleid in meinem Schrank, kämmte meine Haare und meinte, dass es an der Zeit wäre. Schließlich ist sie deine Mutter und liebt dich.

Wofür die Liebe alles her halten musste.

Mit einem, auf die Stirn gedrücktes Kreuz, machte ich mich auf den Weg und war mir nicht sicher, ob es wirklich mein Wunsch war.

Lächerlich, diese Bevormundung, die Uhr lässt sich nicht zurück drehen.

Die ersten Schritte lief ich leichtfüßig, nur die ersten Schritte. Die weiteren strengten mich an, verlangten Mut und meine gesamte Energie.

Die langen Korridore wurden zu meinen Verbündeten, sie gaben mir genügend Zeit der Vorbereitung.

Lisa schaute in Richtung Tür, so als ob sie auf mich gewartet hätte. Wunderschön wie immer streckte sie mir die Arme entgegen. Ich war ihr ausgeliefert, konnte mich nicht erinnern, dass wir uns jemals so nahe gewesen waren. Wir hielten uns aneinander fest und ich weinte. Ich weinte wie ein Kind und wurde so getröstet, wie nur eine Mutter ihr Kind trösten konnte. Sie wiegte mich in ihren Armen, strich die feuchten Haare aus meinem Gesicht und summte kleine Melodien.

Es ging mir sehr gut.

Zum ersten Mal entdeckte ich den Rollstuhl in der Ecke. Mama und ein Rollstuhl, dafür war sie doch immer zu eitel?

Ich habe mich verändert und genieße es, wenn Benno mich da hinein setzt, mit einer schicken Wolldecke zu deckt und mich spazieren fährt. Die frische Luft hat mir gefehlt.

Mama, erzähle mir von Carlos.

Mach das kleine Licht an, die Stehlampe in der Ecke dort und schiebe mein Bett ans Fenster. Wenn ich an Carlos denke, muss die Atmosphäre stimmen, muss ich mich wohl fühlen.

Er kam als Gast in das spanische Lokal, dass ich gerne mit meinen Freundinnen besuchte. Es war gerade in Mode gekommen, beim Spanier, Italiener oder Griechen zu essen. Wir liebten die spanische Küche, Tapas und Paella und den roten Wein.

Meine Freundin ließ auf sich warten. Ich schaute ungeduldig auf die Uhr, als mir eine faszinierend dunkle und melodische Stimme, in einem wunderbar gebrochenen Deutsch anbot, die Wartezeit zu verkürzen.

Im gleichen Augenblick hoffte ich, dass meine Freundin den Termin vergessen würde.

Ich bin Carlos, verstehe etwas von spanischen Essen, aber gar nichts von deutschen Frauen.

Allzu gerne war ich bereit, ihm dabei behilflich zu sein.

So begann unsere Geschichte. Was sage ich, unsere Geschichte, nein ich begann zu leben, wenn auch nur für die Zeit, die Carlos in Köln verbrachte. Geschäftlich war er hier, schaute sich Projekte an, die in Spanien eine Zukunft hätten. Die deutsche Sprache wollte er lernen und zwar perfekt. Geld schien keine Rolle zu spielen. Er sprach nie davon, verwöhnte mich wie es keiner zuvor getan hatte.

Mama wurde müde, sie fiel in ihr Kissen und entschwand in ihren Erinnerungen an Carlos.

Ich machte es mir im Rollstuhl bequem, klemmte ein Kissen unter den Kopf, legte die kleine karierte Decke über die Beine und fragte mich allen Ernstes, wieso ich meiner Mutter nie böse sein konnte. Es war so friedlich heute.

Abendbrotzeit. Ohne anzuklopfen schob die Pflegerin zuerst das Tablett und dann sich selbst ins Zimmer. Ohne Rücksicht weckte sie Mama und stellte das Brot, den Aufschnitt, einige Tomaten und eine große Tasse Früchtetee auf den Nachttisch. Freundlich fragte sie, ob ich Mama behilflich wäre. Hätte ich ablehnen können? Sympathisch war mir das Ganze nicht.

Das Bett brachte ich in die richtige Position, schnitt das Brot in kleine Häppchen und überließ alles andere meiner Mutter. Ich hatte es eilig, war neugierig und wollte mehr erfahren.

Nach dem Essen sollte sie weiter erzählen, ich würde nicht zu lassen, dass sie sich davor drückt. Ergeben und mit seufzender Stimme fuhr sie fort.

Carlos führte mich ins Kino, welche Filme liefen war uns egal. Den Schutz der Dunkelheit nutzten wir für schöne Dinge, wie du dir denken kannst. Natürlich waren »Casablanca« und »Vom Winde verweht«, der richtige Hintergrund.

Ach Carlos, unsere Zeit in den Tanzlokalen vergesse ich nie.

Du musst wissen Marie, wir beide waren hervorragende Tänzer, die Stars eines jeden Abends. Wie oft sah man uns alleine auf der Tanzfläche. Die anderen Gäste bestaunten uns, klatschten Beifall und riefen Bravo. Von Carlos bekam ich die herrlichsten Kleider geschenkt, ich war die Schönste im Saal.

Spieglein, Spieglein an der Wand ... Mama, vergiss deine Schwärmereien. Was ist mit meinem Vater, weiß er etwas von mir, warum hat er dich verlassen, wo ist er jetzt?

Jetzt ist er in Spanien bei seiner Frau. Er kam nicht los von ihr, hatte ständig ein schlechtes Gewissen. Sie konnte keine Kinder bekommen, deshalb hatte er Mitleid. Unbedingt wollte er Vater werden, was mit seiner Frau nicht möglich war.

Aber ich bin doch sein Kind!

Das bist du aber in erster Linie bist du mein Kind. Als Carlos mich verließ, wollte ich etwas von ihm haben. Etwas was mich an ihn erinnerte, was mir alleine gehörte. Du bist das wahre Kind der Liebe, deshalb habe ich dich behalten.

Mama, du hast mich abgegeben, ins Waisenhaus gesteckt. Meinem Vater hast du ein Kind unterschlagen. Das hat nichts mit Liebe zu tun.

Würde es denn niemals aufhören, dieses Durcheinander der Gefühle? Ich verstand meine Mutter nicht, hatte den Wunsch sie durch zu rütteln. Das Tablett mit dem angefangenen Essen, stellte ich zur Seite, packte Mama in die Decke, setzte sie in den Rollstuhl und fuhr mit ihr vorbei an den erschrockenen Gesichtern der Hausbewohner, in rasendem Tempo über den Flur, hinunter in den Garten

Liebe Marie, nun sei mal nicht ungerecht. Hast du die Besuchstage im Heim schon vergessen? Warst du nicht stolz auf deine Mutter? Ich bin gerne zu dir gekommen, habe dich immer wieder angeschaut. Du bist das Ebenbild deines Vaters, bis auf die Augenfarbe eben. Sah ich dich, sah ich Carlos. Bis heute weiß er nichts von dir und Liesel.

Das durfte nicht wahr sein, mir wurde es schwindelig, den Rollstuhl schob ich zur Bank, setzte mich darauf, atmete tief und zählte bis sieben.

Liesel, hatte sie gesagt, ist Liesel etwa auch ….
Ja, ja Liesel auch. Carlos kam jedes Jahr einmal nach Köln, brachte mir Geschenke und führte mich aus. Die Beziehung war schon etwas abgekühlt, schließlich war ich eine junge Frau und keine Nonne. Zugeben muss ich, dass Carlos mich noch schwach machen konnte und unsere Liebe hin und wieder entflammte. Ich drängte ihn, sich von seiner Frau zu trennen, mich zu heiraten. Nach Spanien wäre ich mit ihm gegangen. Vielleicht könnte ich ihm Kinder schenken. Was er von mir hörte, machte ihn schwermütig. Er ließ sich aber nicht darauf ein. Ich reizte ihn so lange, bis er wütend wurde und mir vorwarf, kein Herz zu haben. Seine Frau sei eine gute Frau, die er liebe, auch wenn er sehr darunter litt, kinderlos zu sein. Niemals würde er sie im Stich lassen.

Ich behielt mein Geheimnis für mich und verabschiedete mich bei seinem letzten Besuch so, als wäre es für immer. Jedes Jahr zu meinem Geburtstag bekam ich ein Päckchen mit einem wunderschönen Schmuckstück. Carlos wusste, was er an mir hatte.

Als mir klar wurde, dass ein Kind unterwegs war, musste ich handeln. Die einzige Möglichkeit war es, zu heiraten. Dann wäre ich versorgt und das Kind auch. Aber wen sollte ich heiraten?

An Carlos wollte ich mich rächen.

Wenn er schon nicht mein Mann wurde, sollte er auch nichts von seiner Vaterschaft erfahren. Dieses Glück gönnte ich ihm nicht.

Benno, der unscheinbare Kautz aus der Nachbarschaft, der mich bei jeder Begegnung anstarrte und schon mal den Versuch gewagt hatte , mich einzuladen. Er kam in Frage. Er war so von mir geblendet, dass er sich verschluckte als ich zu ihm nach Hause kam und ihm weis machte, dass ich eine Schulter zum ausweinen bräuchte. Natürlich war er geschmeichelt und bereit dazu.

Von der Schwangerschaft erzählte ich nichts. Über meine Enttäuschung mit schönen Männern haben wir gesprochen, ich konnte ihn davon überzeugen, dass es mir ab jetzt auf die inneren Werte eines Menschen ankäme. Benno hat mir alles geglaubt und mich geheiratet. Wir sind in sein Haus gezogen, seine Mutter hat er auf die erste Etage verbannt, mich hat er verwöhnt, mir jeden Wunsch erfüllt. Dass Liesel sein Kind sei, glaubte er und war so glücklich wie nie.

Den Rest kennst du ja.

Wortlos schob ich sie ins Zimmer zurück, legte sie zitternd aufs Bett und lief nach Hause.

Ich wusste nicht mehr weiter, legte mich hin und schlief tief und fest.

Dass ein Wunder geschehen würde, damit hatte ich nicht gerechnet. Es war Schwester Salvator, die mich ins Büro an das Telefon rief. Mit einem gleichgültigen Gesicht, obwohl ich genau wusste, dass sie beide Ohren unter der Flügelhaube spitzte, reichte sie mir den Hörer über den Schreibtisch. Demonstrativ drehte ich ihr den Rücken zu und hauchte ein Hallo in den Hörer. Ebenso leise und zaghaft kam die Antwort. Mama hatte sich mit mir verbinden lassen. Mit leidendem Ton in der Stimme und reuevollen Worten, beschwor sie mich, ihr zu verzeihen. All ihre Vergehen wolle sie wieder gut machen. Einen Kontakt zu Carlos herstellen und ein ehrliches Gespräch mit Benno und Liesel führen. Es klang aufrichtig. Was sie sagte, klang nach, Buße. Viele Jahre im Bett verbracht zu haben, ohne ein Wort der Klage, sei Strafe genug für die Zeit, als sie das Leben in vollen Zügen genossen hatte. Dass ihre Versuche, eine liebevolle Mutter zu sein, die alles wieder gut machen wollte, von Niemand bemerkt wurden, sah sie als gerecht an. Beschwert habe sie sich nie.

Solche Töne waren mir unbekannt, sollte Mama sich wirklich verändert haben.

Verflixt, schon wieder stiegen diese Tränen hoch, die ich unbedingt vor Schwester Salvator vermeiden wollte.

Mit einem Blick auf ihr angestrengt lauschendes Gesicht, sagte ich mit einigermaßen fester Stimme, In Ordnung Mama, mache alles wie du es für Richtig hältst, bald komme ich dich besuchen.

Marie ich habe schon das gemacht was längst notwendig war. Es dauerte nur einige Minuten um die Verbindung zu Carlos, her zu stellen. Eine freundliche Pflegerin erkannte meinen erbärmlichen Zustand, nachdem du mich verlassen hattest. Ich hatte Vertrauen zu ihr und erzählte was los war.

Schieben sie nichts auf die lange Bahn Frau Braun, handeln sie sofort und sie werden merken, dass sie sich gleich viel besser fühlen. Tatkräftig besorgte sie ein Telefon und ich die Nummer von Carlos, die schon lange in meinem Nachtschränkchen wartete.

Du kannst dir nicht vorstellen, wie aufgeregt ich war. Es war ein guter Zufall, so eine nette Person an meiner Seite zu haben. Sie ermutigte mich immer wieder und streichelte meine nervösen Hände.

Die Stimme deines Vaters erkannte ich sofort, sie ist mit keiner anderen zu vergleichen. Der Wechsel vom Spanischen ins Deutsche, als er meinen Namen hörte, ließen Erinnerungen hochkommen, die mich zu Tränen rührten. Tapfer erzählte ich ihm das Ende unserer Geschichte. Danach Totenstille, hatte ich alles falsch gemacht? Das war nicht meine Absicht, es sollte doch alles gut werden. Ich legte den Hörer fast schon aus der Hand, als er mit belegter Stimme die Frage stellte: Ist das die Wahrheit?

Jetzt lag alles an mir, egal, was es kosten würde, wir redeten und redeten. Die Pflegerin ließ uns alleine, ich hatte mich lange Zeit nicht so gut gefühlt.

Du musst schnell kommen, Marie.

Nicht nur zu mir, sondern nach Spanien. Carlos will seine Töchter so bald wie möglich sehen. Am liebsten wäre er ins nächste Flugzeug gestiegen und hierher geflogen. Das wollte ich nicht, ab jetzt ist es eure Angelegenheit.

Mit diesen Gedanken und Benno an meiner Seite werde ich gut leben.

Nachdem ich aufgelegt hatte, verließ ich, aufgeregt durch meine Mutter, das Büro und setzte mich für lange Zeit in den Klostergarten. Hier fühlte ich mich wohl, konnte mich beruhigen. Ich träumte davon, wie schön es wäre, von allem erlöst zu sein. Wie gerne würde ich meine Sachen packen und einen Neuanfang beginnen. Nonne zu werden, war in diesem Moment nicht die schlechteste Idee.

Träume müssen keine Träume bleiben. Von dieser Idee besessen, machte ich mich auf den Weg zu Liesel. Sie musste meine Mitstreiterin werden. Hatte ich sie auf meiner Seite, waren wir starke Partner und bereit für neue Wege. Versprochen hatte ich ihr das ja schon lange.

Vor dem dunklen Haus, das mir plötzlich nicht mehr so erschien, was vielleicht auch an dem vielen gelben Löwenzahn, der sich um den Sockel herum aufgerichtet hatte, lag, drückte ich vergeblich auf den Klingelknopf. Niemand schien da zu sein. Ich wollte aber reden. Energisch und stur versuchte ich es noch einmal. Zu meinem Glück endlich Geräusche hinter der Haustüre. Ein kleiner Spalt öffnete sich, ich erkannte die unheimliche Großmutter. Was hatte das zu bedeuten, wie hatte sie den Weg zur Türe geschafft?

Am liebsten wäre ich abgehauen, ein herzlicher Ton in der krächzenden Stimme hielt mich zurück. Du bist es Marie, nicht wahr? Komm doch herein und leiste mir Gesellschaft, ich bin alleine.

Meinem schweren Atmen hörte sie die Aufgeregtheit an, sie hielt meinen Arm und zog mich ins Wohnzimmer. Ich stand einem freundlichen Gesicht gegenüber. Einer echten Großmutter mit vielen Falten, kleinen Lippen, einer Stupsnase und silbergrauen Haaren, die zu einem Dutt gehalten waren. Nicht mehr die Hexe von Hänsel und Gretel, sondern Rotkäppchens liebe Großmutter. Mit wasserblauen Augen, die mich durchlöcherten, ohne sehen zu können.

Die Oma wusste Bescheid über den letzten Stand der Dinge. Sie war wohl die engste Vertraute ihres Sohnes und erzählte mir die Geschichte, die mir bekannt war, noch einmal. Dann bat sie mich inständig, Liesel mit nach Spanien zu nehmen. Auch wenn es Benno und ihr das Herz brechen würde, für Liesel wäre es die Chance, ihrem Leben, genauso wie für mich, einen Sinn zu geben.

Bennos Mutter verdammte Lisa nicht, die späte Reue akzeptierte sie, für ihren Sohn hätte es auch glückliche Stunden gegeben. Lisa und er hatten sich ausgesöhnt und gespürt, dass sie aufeinander angewiesen waren.

Mehr hatte Oma nicht zu sagen.

Jetzt musste ich gehen und die Dinge erledigen, die vor einer Abreise nötig waren.

Abschied nehmen war das Schwierigste von allem. Mama wollte ich nur noch einmal sehen, die Angst vor einer weiteren Enttäuschung saß noch tief in meinem Inneren.

Bei diesem Besuch war ich nicht alleine, es machte mir nichts aus, ich freute mich sogar, Liesel und Benno hier zu sehen. Mama saß im Rollstuhl, die Beine eingewickelt, genau wie ihre Haare.

Entschuldige, Marie, dass ich dich mit Lockenwicklern und ungeschminkt begrüße, wo du mich doch immer so gerne in perfekter Aufmachung gesehen hast.

Die Veränderungen machten mich fertig, erstaunten mich.

Mama, du gefällst mir immer und zu entschuldigen brauchst du dich nicht. Ich bitte um Verzeihung, nie habe ich nach deinen Bedürfnissen gefragt. Es war so selbstverständlich, sogar wunderbar für mich, dich hier liegen zu sehen. Mit einem Mal warst du erreichbar, hast mir zugehört, mich verstanden und mich getröstet. Wie es dir dabei ging, interessierte mich nicht. Alles hast du wieder gut gemacht. Bis auf Josef schoss es kurz durch meinen Kopf, sehr kurz.

Du hast mit Carlos gesprochen, und erreicht, dass er Liesel und mich kennenlernen will. Er hat sich gefreut und erwartet uns.

Danke Mama, wenn Liesel einverstanden ist, fahren wir. Bei Benno bist du in guten Händen. Aus Spanien senden wir dir wunderschöne Postkarten.

Liesel setzte sich zu uns und strahlte mich an. Ich brauchte sie nicht zu fragen, natürlich würde sie mit mir kommen.

Von Mama erhielt ich einen Briefumschlag, das Wichtigste hatte sie aufgeschrieben.

Allmählich änderte sich die Stimmung, wurde sentimental. So ungewöhnlich sah Mama aus mit diesem geblümten Kopftuch und der karierten Decke über die Beine geschlagen.

Meine Mutter, an die keine andere Frau so schnell herankam. Völlig normal sah sie aus.

Erst umarmte sie Liesel, dann schauten wir uns schweigend an. So lange, bis Benno sich räusperte. Sein Kommentar, dass Spanien nicht in einer anderen Welt, und es gute Zug-und Busverbindungen gäbe, nahm jede Traurigkeit. Das war gut so!

Der Abschied von Lona fiel tränenreicher aus. Sie heulte wie ein Schlosshund und beteuerte immer wieder, dass es Freudentränen wären. Wir vermissten sie jetzt schon.

Das Waisenhaus verließ ich mit einem weinenden und einem lachenden Auge. Die Erinnerungen würden mich bestimmt nicht loslassen und zu meinen schönste Erlebnissen gehören.

Der letzte Blick aus meinem Dachfenster wurde mir erleichtert. Es regnete in Strömen, was ich erkennen konnte war grau und nass. Es passte zu meiner Stimmung. Die Möbel und Gegenstände in den Gruppenräumen berührte ich leicht mit der Hand, längst hatte ich sie mir schon eingeprägt. Bei Frieda liefen die Tränen, sie küsste mich auf beide Wangen, klopfte immer wieder auf meinen Rücken und wünschte mir viel Glück.

Was ich für Schwester Pia empfand, fühlte ich in tiefster Seele. Das Kreuz auf meiner Stirn und der stumme Blick waren für die Ewigkeit.

Das große Familienfest, das ich mir in meinen Träumen vorgestellt hatte, rückte in unmittelbare Nähe. Allerdings nur als Fest, den Gedanken groß konnte ich streichen. Es war mir recht so.

Liesel und ich waren unterwegs nach Spanien, dem Land das

Licht und Wärme versprach. Wir krempelten unsere Hosenbeine und Blusenärmel hoch, ließen den Namen Saragossa auf der Zunge zergehen und übten Guten Tag Papa, auf Spanisch. Als ich Liesel so neben mir betrachtete, wurde mir zum ersten Mal klar, welchen Einfluss ich auf sie haben musste.

Nie hatte sie ihre Meinung zu all den chaotischen Verhältnissen geäußert. Stumm hatte sie alles hingenommen. Ich hatte geradezu über sie verfügt. Vielleicht würde sie mir auf dieser Reise ihr Herz öffnen. Schließlich hatte sie ein Familienleben mit einem liebevollen Vater, einer herzlichen Großmutter und nicht zu vergessen, einer tollen Schwester aufgegeben.

Für mich war es jedenfalls wunderbar, sie neben mir zu haben.

Liesel träumte von einem Vater, der eher ein Torero hätte sein können. Einen mit langem, schmalen Schnurrbart und geölten Haaren. Einer großen schlanken Figur und schmalen Fingern.

Entschuldigend meinte sie liebevoll, für mich war Benno aber auch schön und lächelte ein wenig sehnsüchtig.

Für mich war Carlos ein großer kräftiger Mann mit dunklen Locken und feurigen Augen, auffällig und elegant. Sein Lächeln musste umwerfend sein und seine Hände geschmeidig. Nur so ein Mann hätte Mama gefallen.

Eine ganze Nacht und ein Tag waren wir unterwegs. Die Abendsonne schien auf die Stadt. Der Busbahnhof lag zentral, umgeben von Häusern in den Farben von Orangen und Zitronen. Bänke und Stühle standen unter Palmen.

Durch das Busfenster erkannten wir nichts. Ich schubste Liesel als erstes die Stufen hinunter. Meine Augen gingen suchend über den Platz. Langsam kamen sie auf uns zu. Carlos, unser Vater, weder klein noch groß, ein ganz normaler Mann in einem hellen Anzug. Der Hosengürtel spannte ein wenig über dem Bauch. Er trug einen Hut. Die Augen klein und freundlich lachten uns aus einem strahlenden Gesicht, ohne Schnurrbart, an. Er streckte uns beide Hände entgegen und sprach mit einer Stimme, die uns den Boden unter den Füßen nahm, so sanft und umwerfend zärtlich. Kommt her, meine Kinder. Als wir zögerten, zeigte er auf eine Frau in einem blauen Leinenkleid. Sie hatte tiefschwarze kurzgeschnittene Haare und honigfarbene Augen.

Das ist Pilar, meine Frau, sie hat mit mir auf euch gewartet.